MONIKA KÜBLE / HENRY GERLACH

Das Geheimnis der Ordensfrau

GEFÄHRLICHE ZEITEN Im Februar des Jahres 1415 macht sich der Hofmeister des Klarissenklosters Königsfelden, Henmann von Mülinen, auf den Weg vom Aargau nach Konstanz. Er ist im Auftrag seiner Äbtissin unterwegs, denn in der Stadt am Bodensee findet ein Konzil statt – König und Papst, Kardinäle, Bischöfe und Adlige aus aller Herren Länder sind anwesend. Henmann soll beim Papst ein Privileg für das Kloster erlangen. Doch die Reise steht unter keinem guten Stern. Sein Reisegefährte ist der Vogt von Baden, den er nicht ausstehen kann, und zu allem Überfluss trifft Mülinen unterwegs auch noch Heinrich Gessler, der mit dem Kloster Königsfelden und seiner schönen Vorsteherin eine erbitterte Feindschaft pflegt. Selbst als sie heil in Konstanz ankommen, läuft nichts so, wie Mülinen es sich vorgestellt hatte. Nur mit Mühe und unter Lebensgefahr kann der Hofmeister seinen Auftrag erfüllen, und als er endlich in sein Kloster zurückkommt, ist nichts mehr so, wie es war. Doch der schlimmste Verrat erwartet ihn am Ende seiner Mission …

Monika Küble stammt aus Oberschwaben und hat Germanistik, Romanistik und Kunstgeschichte in Perugia und Konstanz studiert. Neben Publikationen zu oberschwäbischer Literatur und italienischer Architektur hat sie unter dem Pseudonym Helene Wiedergrün drei Oberschwabenkrimis geschrieben: »Der Tote in der Grube«, »Der arme schwarze Kater« (beide als Ebook bei Gmeiner) und »Blutmadonna« (Gmeiner 2013). Sie arbeitet außerdem als Italienischlehrerin und Dolmetscherin.

Henry Gerlach kam schon als Student aus Hamburg an den Bodensee, wo er Germanistik, Philosophie und Kunstgeschichte studiert hat. Er ist Experte für das Konzil von Konstanz und hat gemeinsam mit Monika Küble den Konzilsroman »In Nomine Diaboli« veröffentlicht, der 2013 beim Gmeiner-Verlag erschien.

Bisherige Veröffentlichungen im Gmeiner-Verlag:
In Nomine Diaboli (2013)

MONIKA KÜBLE / HENRY GERLACH

Das Geheimnis der Ordensfrau

Habsburg und das Konstanzer Konzil

GMEINER SPANNUNG

Besuchen Sie uns im Internet:
www.gmeiner-verlag.de

Im Ehnried 5, 88605 Meßkirch
Telefon 07575/2095-0
info@gmeiner-verlag.de

1. Auflage 2016

Lektorat: Claudia Senghaas, Kirchardt
Herstellung: Julia Franze
Umschlaggestaltung: U.O.R.G. Lutz Eberle, Stuttgart
unter Verwendung eines Fotos von: © Museum Aargau
Druck: GGP Media GmbH, Pößneck
Printed in Germany
ISBN 978-3-8392-1995-9

Präludium

IN DER SCHWEIZ gibt es den »Kantönligeist«. Damit ist gemeint, dass die verfassungsrechtlich miteinander verbundenen 26 Kantone trotz Föderalismus gerne ihre eigenen Interessen vertreten. Dazu gehört auch, dass sich die kantonalen Museen in der Regel mit Themen vor Ort beschäftigen und wenig über den Tellerrand hinaus blicken.

Das 600jährige Gedenken an das Jahr 1415 veranlasste die Kuratorenteams des Museums Aargau und des Historischen Museums Thurgau, Kooperationsmöglichkeiten zu evaluieren, und bot damit eine Chance, den »Kantönligeist« in die Schranken zu weisen.

Die beiden früheren habsburgischen Herrschaftsgebiete Aargau und Thurgau verbindet historisch, dass eine Konflikteskalation am Konstanzer Konzil 1415 deren Eroberung durch die Eidgenossen nach sich zog. Der Aargau wurde kurz nach der Ächtung von Herzog Friedrich IV. von Tirol-Österreich durch den römisch-deutschen König Sigismund zum eidgenössischen Untertanengebiet, der Thurgau nach einer Übergangszeit im Jahr 1460. Diese spätmittelalterlichen Ereignisse rund um das Schlüsseljahr 1415 bildeten für die beiden Kantone den thematischen Hintergrund für Ausstellungsprojekte in den Schlössern und im Kloster Königsfelden, die zu den kantonalen Museen gehören.

Im Bewusstsein, dass beide Museen viel Wert auf gut erzählte Geschichten legen, fiel der Entscheid der Zusammenarbeit für den vorliegenden historischen Kurzroman. Aufgegleist als wöchentlich erscheinender Fortsetzungsroman begleiteten die einzelnen Episoden die gesamte Ausstellungszeit in beiden Kantonen, beginnend mit den Aargauer Eröffnungen im April 2015 und sich fortsetzend mit der Thurgauer Ausstellungslancierung im September 2015.

Historische Romane, die wie das »Geheimnis der Ordensfrau« auf Geschichtsquellen und Tatsachen beruhen, haben eine große Fangemeinde und dies zurecht: Es gibt wenige Medien, die es wie ein historischer Roman möglich machen, Geschichtsfakten auf fantasievolle und atmosphärische Art und Weise zu verdichten und einem breiten Publikum näher zu bringen. Faktennah also, gleichzeitig durch den fesselnden Plot und stimmungsvolle Charakterisierungen beseelt, begegnen sich im »Geheimnis der Ordensfrau« historische und fiktive Figuren, was zu dramatischen, mitunter aber auch humorvollen Situationen führt.

Mit dem Konstanzer Autorenpaar Monika Küble und Henry Gerlach konnten die Historischen Museen Aargau und Thurgau zwei versierte und erfahrene Partner für das Kooperationsprojekt gewinnen. Für die gute Zusammenarbeit gebührt den beiden großer Dank.

Wer schon mal ein Buch geschrieben hat, weiß, wieviel Arbeit, welche umsichtige Hingabe in einem solchen Œuvre steckt. Bei einem Kooperationsprojekt wie diesem jedoch betrifft dies neben den Autoren auch die Teams der Museen sowie die zugezogenen Experten aus der Wissenschaft.

Der Dank geht demnach auch an den Historiker Peter Niederhäuser für seine zahlreichen Inputs sowie für seine wissenschaftlichen Recherchen und Kommentare, des Weiteren gilt der Dank den Museumsleitungen, namentlich Gabriele Keck im Thurgau und Jörn Wagenbach im Aargau, sie beide haben die Rahmenbedingungen für diese erfolgreiche Kooperation erst ermöglicht. Ein Dankeschön kommt ebenso Thomas Rorato und Jana Lucas zu, die schon in einer frühen Ausstellungsprojekt-Phase den Kontakt zwischen den zwei Museen geknüpft hatten. Zu danken gilt es auch den Verantwortlichen für Kommunikation Stephanie Hug im Thurgau und Edith von Arx im Aargau für ihre Initiativen bei der Publikation des Fortsetzungsromans in der »Ostschweiz am Sonntag« und der »Aargauer Zeitung«.

Wir freuen uns sehr, dass der museums- und kantonsübergreifende Fortsetzungsroman heute in Buchform vorliegt und wünschen den Leserinnen und Lesern eine erbauliche Lektüre.

Martina Huggel und Dominik Schnetzer, Museum Aargau und Historisches Museum Thurgau

Prolog

DER 1. NOVEMBER 1309 war ein sonniger Tag. Zu sonnig, um zu sterben. Viel zu sonnig, um so grausam zu sterben. Zwischen Brugg und Windisch, zwischen Aare und Reuss, mitten auf einem Feld, sollte an diesem Tag ein Mann hingerichtet und aufs Rad geflochten werden – die schändlichste aller Strafen.

Viele Menschen waren zusammengeströmt, um den Tod des Königsmörders zu erleben. Freiherr Rudolf von Wart hatte zusammen mit weiteren Verschwörern am 1. Mai des vorangegangenen Jahres genau an diesem Ort den römischen König Albrecht aus dem Hause Habsburg umgebracht. Als der Mörder versucht hatte, zu flüchten, war er erkannt und gefangengenommen worden.

Zwei Frauen sahen nun voller Genugtuung, eine dritte mit Entsetzen, wie der Delinquent in Begleitung einiger Stadtknechte von einem Pferd herangeschleift wurde. Die Entsetzte, seine Ehefrau Gertrud von Wart, warf sich vor den anderen beiden zu Boden.

»Königin Elisabeth! Königin Agnes! Ich bitte Euch, hohe und milde Frauen, verschont meinen Mann! Er bereut seine Tat. Nehmt all sein Eigentum in euren Besitz, sperrt ihn in den Kerker, aber ich bitte Euch, lasst ihm sein Leben!«

Elisabeth, die Witwe des ermordeten Königs, wandte

sich ab, ohne ein Wort zu sagen, doch ihre Tochter Agnes stand Rede und Antwort.

»Er ist ein Königsmörder, Ihr wisst selbst, dass seine gerechte Strafe nur der Tod sein kann.«

»Aber er hat den König nicht allein umgebracht! Er war nur der Handlanger des königlichen Neffen, Johanns von Schwaben!«

Agnes lachte bitter auf. »Johann, mein Vetter! Ein junger Dummkopf, ein Heißsporn! Euer Mann war der Ältere, er hätte es besser wissen müssen!«

Da wandte sich Gertrud weinend an Elisabeth, die mit unbewegtem Blick auf den Gefangenen sah. Der wurde nun vom Henker für das Rädern bereitgemacht.

»Im Namen der Heiligen Muttergottes, Königin Elisabeth, auch Ihr seid eine Mutter, ich flehe Euch an, nehmt nicht meinen Kindern den Vater!«

Elisabeth antwortete, ohne die Verzweifelte anzusehen: »War König Albrecht kein Vater? Seine Tochter steht neben Euch!«

»Königin Agnes, ich bitte Euch, im Namen aller Heiligen, lasst Gnade walten!«

Doch Agnes erwiderte zornig: »Hat Euer Mann Gnade walten lassen, als mein Vater arglos hier entlangritt? Im Vertrauen auf seine treue Gefolgschaft? Als Johann ihm das Messer in den Hals gestoßen hat, wo war da die Gnade Eures Mannes? Rudolf von Wart hat den König mit dem Schwert durchbohrt, das war seine Gnade! Er ist ein Verräter und Mörder, er hat es verdient zu sterben! Nur so kann die göttliche Ordnung wiederhergestellt werden. Mein Vater musste ohne den Beistand eines Priesters, ohne Absolution in die andere Welt gehen. Daher wird meine Mutter genau an dieser Stelle ihm zum Gedenken ein Kloster errichten lassen, in dem man für sein Seelenheil beten wird. Und der Name dieses Klosters soll Königsfelden sein!«

Tränenüberströmt versuchte Gertrud ein letztes Mal, die Königinnen milde zu stimmen. »Wenn ihr Rudolfs Leben nicht schonen wollt, dann bitte ich euch nur um eines: Lasst ihn nicht so schmachvoll sterben. Richtet ihn durch das Schwert und bindet ihn nicht auf das Rad! Mein Mann ist doch von Adel!«

Da rief Elisabeth laut: »Henker, fang an!«

Während die Umstehenden die Schreie des Gemarterten mit lautem Johlen begleiteten, hielt seine Frau sich die Ohren zu. Erst als der Henker mit dem letzten Radstoß auf den Hals des Verurteilten die Qual beendet hatte, verstummten die Menschen angesichts seines grauenvollen Todes. Gertrud ließ langsam die Hände sinken. In ihr war etwas zerbrochen. Als Agnes sie ansah, erkannte sie, dass diese Frau nicht mehr dieselbe war wie zuvor. In ihren Augen nahm sie nicht mehr Angst, Trauer oder Schrecken wahr, sondern Wut und Wahnsinn. Gertrud starrte sie direkt an, dann stieß sie hervor: »Ich verfluche Euch, Agnes, und Euch, Elisabeth! Ich verfluche das Haus Habsburg und das Kloster, das ihr bauen werdet. Gott möge diesem Ort seine Gnade versagen, so wie ihr sie meinem Gatten versagt habt. Dieser Tag möge eurem Haus und diesem Kloster zum Unglück gereichen! Es soll ein verfluchter Tag sein!«

6. Februar 1415

Henmann von Mülinen ging langsam das Seitenschiff der Kirche entlang. Durch die farbigen Glasfenster fiel im Süden die Nachmittagssonne herein und zauberte einen flimmernd bunten Teppich auf den Steinboden. Er betrachtete die Habsburger und die Heiligen, die in den Scheiben dargestellt waren. Unter einem Fenster, in dem zwei Frauen nebeneinanderknieten, blieb er stehen. Die linke trug eine Krone auf dem Haupt, die rechte einen Schleier. Jede von ihnen hatte ein Kirchenmodell in Händen, das Modell der Klosterkirche Königsfelden, in der Henman sich befand.

Es war eine schöne Kirche, dreischiffig, mit gotischen Spitzbögen zwischen den Schiffen und in den Fenstern und – wie es sich für eine Bettelordenskirche gehörte – flachen, hölzernen Decken im Langhaus. Nur der Chor, der durch einen Lettner vom Hauptschiff getrennt war, besaß ein Gewölbe. Er war den Franziskanern vorbehalten, denen nördlich der Kirche ein Konvent eingerichtet worden war, damit es den Klarissen im Süden nicht an seelsorglichem Beistand fehlen würde.

Henmann stellte sich zwischen die Pfeiler, die das Hauptschiff vom Seitenschiff abteilten, und verschränkte die Arme vor der Brust. Lächelnd schaute er zu den Königinnen Elisabeth und Agnes hoch. Er war der Hofmeister des Klosters Königsfelden und ein alter Mann, hielt sich aber trotz seiner 65 Jahre aufrecht und besaß noch fast alle Zähne. Nur am Grau seines sorgfältig geschorenen Bartes und der Haare erkannte man sein Alter.

»Man hat ein Konzil in Konstanz einberufen, werte Königinnen. Auch unser Herr, Herzog Friedrich IV., soll bald dort eintreffen! Nun wird alles gut werden!«

Lange hatte es so ausgesehen, als ob das Glück die Habsburger im Aargau verlassen hätte, vor allem nach den furchtbaren Verlusten in der Schlacht von Sempach im Jahr 1386. Nicht nur Herzog Leopold III. war damals gefallen, sondern auch Henmanns Bruder Albrecht. Die Helden von Sempach waren im Kloster Königsfelden begraben worden. Aber seit diesem schrecklichen Tag waren nun schon fast 30 Jahre vergangen, und die Zeit hatte viele Wunden geheilt.

Außerdem hatte der junge Herzog Friedrich, dem die Vorlande seit einigen Jahren unterstanden, das Ansehen und die Macht der Habsburger hier wieder zu neuen Höhen geführt. Er hatte Baden an der Limmat zu seinem Herrschaftszentrum erkoren und in der dortigen Burg Stein alle wichtigen Besitzurkunden der Habsburger eingelagert.

Henmann musste an den Lehenstag im Mai 1412 in Baden denken. Alle waren zusammengekommen: Berner, Luzerner, Zürcher und Schwyzer, Appenzeller, Aargauer und Thurgauer, Vertreter von Städten und Adel. Einen 50-jährigen Frieden hatten die Eidgenossen den Habsburgern geschworen! Und Henmann war als Mitglied des Aargauer Rittergeschlechts von Mülinen selbstverständlich auch dort gewesen.

Es sah wirklich nicht schlecht aus für die Habsburger und ihre Abtei Königsfelden. Doch beim Gedanken an den Lehenstag und das Kloster verdüsterte sich Henmanns Gesicht und er breitete anklagend die Arme aus.

»Ach, ihr edlen Frauen, was nützen all die verheißungsvollen äußeren Umstände in einer Gemeinschaft, die von innen heraus verdorben ist wie ein Kranker, dessen Körper langsam verfault?«

Die Sitten im Klarissenkloster Königsfelden waren mit den Jahren lockerer geworden, die Gebete und Jahrzeiten für die gefallenen Helden wurden nicht mehr treu eingehalten, Kleiderordnung und strenge Klausur nicht mehr von allen beachtet. Die adligen Damen ließen sich ihren Besitz nicht so einfach nehmen, und dazu zählten sie auch spitze Schuhe, gekräuselte Tüchlein und enge Röcke, wie sich bei der Visitation vor drei Jahren gezeigt hatte. Der Visitator hatte bei seiner Kontrolle sogar Liebesbriefe entdeckt und in einer der Zellen gar einen Dietrich. Von wegen Klausur!

»Der Fisch stinkt vom Kopf her, ihr wisst das besser als ich, edle Frauen!« Noch immer redete Henmann zu den beiden Königinnen im Fenster. Deren farbiges Abbild am Boden war mit der Sonne inzwischen ein Stück Richtung Chor gewandert.

Henmann war damals sehr empört gewesen. Seine Familie hatte schon wegen der Grablege der Sempacher Helden ein enges Verhältnis zum Kloster gepflegt. Am wütendsten hatte ihn die Äbtissin Elisabeth von Leiningen gemacht, die doch ihren Schwestern ein Vorbild hätte sein sollen. In ihrer Funktion musste sie das Kloster auch nach außen vertreten, aber was Henmann einmal beobachtet hatte, war weit über jegliche Repräsentation hinausgegangen.

Es war während des Lehensfestes im Mai 1412 in Baden gewesen. Elisabeth von Leiningen hatte es sich nicht nehmen lassen, persönlich dort zu erscheinen. Der Gastgeber dieses großen Hoftages war Ulrich Klingelfuss gewesen, der habsburgische Vogt von Baden. Er war ein lebenslustiger, gutaussehender Mann von etwa 40 Jahren, ursprünglich einer einfachen Bäckersfamilie entstammend, doch inzwischen einer der reichsten Bürger der Stadt. Mehrfach hatte er die Schulden für die Aufenthalte des Herzogs Friedrich in dessen Residenz an der Limmat übernommen und dafür schließlich die Vogteirechte über Baden erhalten. Für Henmann von Mülinen, stolzes Mitglied des Ritterbundes vom Sankt-Georgen-Schild, war Klingelfuss jedoch nichts anderes als ein anmaßender Emporkömmling, dessen verzweifelte Versuche, es den Adligen gleichzutun, man an seiner Vorliebe für spitze Schuhe und Jagdfalken ablesen konnte.

Am Abend des Hoftages gab es ein großes Festmahl, bei dem Elisabeth als Verwandte von Herzog Friedrich weit oben am Tisch, direkt neben dem Badener Vogt, platziert worden war. Henmann von Mülinen saß seinem ritterlichen Rang entsprechend in der Mitte der Tafel und konnte genau beobachten, wie schamlos die Ordensfrau mit dem verwitweten Klingelfuss lachte und scherzte. Als das Festmahl schließlich zu Ende war und die Gäste sich auf den Weg in ihre Herbergen machten, näherte sich Henmann der Äbtissin und bot ihr sein Geleit an.

Doch sie lehnte ab mit dem Hinweis, dass dies nicht nötig sei, weil sie im Hause des Herrn Vogts logiere wie ihr Oheim Friedrich.

Henmann konnte in dieser Nacht nicht schlafen. Elisabeths Gesicht und das Lachen von Klingelfuss folgten ihm in alle Träume, und am nächsten Morgen stand sein Entschluss fest. So konnte es nicht weitergehen.

Der Visitator fand wie erwartet bei der Äbtissin allerlei Hinweise auf ihre unwürdige Beziehung zu einem Mann außerhalb des Klosters, ein Männerbadehemd, eine Phallusbrosche – das typische Liebespfand – und sogar einen Liebesbrief, den sie zusammengefaltet in ein Medaillon eingeschlossen hatte. Der Visitator wandte sich an den zuständigen Bischof von Konstanz, der all die verräterischen Dinge in Augenschein nahm und dann die Äbtissin von ihrem Posten entband. Elisabeth verschwand von einem Tag auf den anderen aus dem Kloster. Es hieß, sie habe sich nach Säckingen in das dortige Damenstift zurückgezogen.

»Ich war derjenige, der dem Bischof die gute Margarete von Grünenberg empfohlen hat«, erklärte Henmann den Königinnen, deren bunte Schatten am Boden inzwischen lang geworden waren, und lehnte sich müde an einen Pfeiler. »Sie ist meine Base und eine wirklich fromme Frau. Angesichts ihrer adligen Herkunft war sie eine würdige Kandidatin für das Amt der Äbtissin.«

Doch die fromme Margarete war ihren weniger frommen Mitschwestern nicht gewachsen, und daran konnte auch Henmann von Mülinen nichts ändern, den sie zum neuen Hofmeister ernannte. Die Sitten besserten sich unter ihrer Ägide keineswegs, schon nach kurzer Zeit gaben sich die vom Visitator nur flüchtig aufgeschreckten Nonnen wieder ihren sündigen Neigungen hin, nun eben hinter dem Rücken ihrer arglosen Mutter Oberin.

Deren Vorgängerin gab indes nicht so leicht auf. Sie ließ ihren Oheim, Herzog Friedrich von Österreich, wissen, dass die neue Äbtissin heimlich mit den Bernern paktiere. Als er das hörte, intervenierte er beim Bischof von Konstanz mit allen ihm zur Verfügung stehenden Mitteln, sodass Margarete von Grünenberg nach nur zwei Jahren wieder abgesetzt und in den einfachen Nonnenstatus zurückversetzt wurde. Ihre Vorgängerin Elisabeth von Leiningen wurde ihre Nachfolgerin.

»Wie konntet Ihr nur zulassen, dass diese untreue Schlange zurückkehren durfte?«, klagte Henmann dem Fenster, hinter dem die Sonne nun verschwunden war. »Königin Agnes, Ihr habt doch die ersten Klosterregeln aufgestellt und Ihr habt selber so viele Jahre in Königsfelden gelebt, um die Einhaltung von Zucht und Ordnung zu überwachen!«

Doch die gläserne Königin schwieg.

Als Elisabeth triumphierend zurückgekommen war, glaubte Henmann zunächst, dass er als Hofmeister abgesetzt würde. Die neue alte Äbtissin war indes klug genug, ihn in seinem Amt zu belassen, das er so gewissenhaft versah. Henmann spielte mit, auch wenn er insgeheim noch immer auf Möglichkeiten sann, etwas gegen sie zu unternehmen. Seiner Meinung nach waren die Zustände im Kloster weiterhin beklagenswert.

»Nun kommt Herzog Friedrich zum Konzil nach Konstanz, und wenn er erfährt, was wirklich hinter diesen Mauern geschieht, wird er seine Meinung bezüglich Elisabeth vielleicht doch wieder ändern!« gab er seiner Hoffnung Ausdruck, obwohl die Königinnen im dämmrigen Licht des hereinbrechenden Winterabends kaum mehr im Fenster auszumachen waren.

Da ertönte plötzlich aus dem Dunkel der Kirche hinter ihm eine zornige Stimme. »Ihr solltet Eure verräterischen Absichten besser Eurem Beichtvater bekennen und nicht unserer edlen Gründerin!«

Henmann zuckte zusammen und fuhr herum. Elisabeth von Leiningen trat wie ein Geist hinter dem Pfeiler hervor, an den er seinen Rücken angelehnt hatte. Bestürzt fragte er sich, wie lange sie schon dort gestanden und was sie alles mitangehört hatte. Doch sie ließ ihm keine Zeit zum Nachdenken.

»Ihr wollt also meinen Oheim, den Herzog Friedrich in Konstanz aufsuchen?« lachte sie spöttisch. »Das ist recht, Henmann, denn ich habe einen Auftrag für Euch! Kommt!«

Mit hocherhobenem Haupt ging sie ihm rasch durch die dunkle Kirche voran zum Hauptportal. Henmann folgte ihr, beklommen und verunsichert, weil er sich nicht vorstellen konnte, was für ein Auftrag das sein würde.

Sie traten auf den Wirtschaftshof vor der Kirche, wo sich rechter Hand das Kornhaus befand. Wenn Henmann im Kloster war, hatte er dort sein Kontor mit einer kleinen Kammer, in der er notfalls auch schlafen konnte, denn manchmal wurde ihm der Heimweg auf seine Burg Kasteln – immerhin zwei Stunden mit dem Pferd – zu weit.

Den Klausurbereich des Klosters im Süden der Kirche mit Kreuzgang, Kapitelsaal, Dormitorium und Refektorium betrat er so gut wie nie. Doch nun befahl ihm Elisabeth, ihr zu folgen. Sie führte ihn durch den Kreuzgang zu einem Gebäude, das – wie Henmann wusste – noch von Königin Agnes erbaut und bewohnt worden war. Nach ihrem Tod hatte man dort Werkstätten und Unterkünfte für die Kranken eingerichtet, doch die Äbtissin Elisabeth von Leiningen war der Meinung gewesen, sie sei eine würdige Nachfolgerin der Königin und müsse daher auch in deren Haus Wohnung nehmen. Dorthin brachte sie nun den überraschten Henmann.

Die Regale an den Wänden ihres Arbeitszimmers waren gefüllt mit Folianten und Schriftstücken. Elisabeth entzündete eine Kerze, setzte sich hinter einen großen Tisch und bot ihm den Stuhl davor an. Dann entfaltete sie ein Schriftstück mit mehreren Siegeln, das vor ihr lag.

Henmann betrachtete unterdessen ihr Gesicht. Trotz ihrer 45 Jahre wirkte sie immer noch höchst anziehend, mit blauen Augen und einer kleinen, kecken Nase. Ihr Haar war unter dem enganliegenden Schleier völlig verborgen, doch er wusste, dass es braun war. Und weich.

»Ihr kennt dieses Schreiben, nicht wahr?«

Der Hofmeister sah sich das Pergament an.

»Hier steht Euer Name. Ihr wart Zeuge dieses Vertrags zwischen dem Kloster Königsfelden und den Gesslern von Brunegg.«

Verunsichert zuckte Henmann die Schultern.

»Er stammt aus der Zeit, als Margarete von Grünenberg hier meinen Platz eingenommen hatte. Die fromme

Margarete! Glaubt Ihr, ich wüsste nicht, dass sie es war, die mir all die Dinge untergeschoben hatte, welche der Visitator damals bei mir gefunden hat? Aber Margarete ist keine Leuchte, ich kann mir nicht vorstellen, dass sie sich diese Intrige allein ausgedacht hatte!«

Nun sah sie ihm direkt in die Augen, fragend. Seit Elisabeth zurückgekehrt war, hatte Henmann bang auf diesen Moment gewartet. Tausendmal hatte er sich überlegt, was er ihr antworten würde, sollte sie ihn zur Rede stellen. Doch jetzt fiel ihm nichts ein. Er wies auf das Pergament.

»Ihr habt Recht, da steht mein Name, nun sehe ich es auch.«

Elisabeth lächelte sarkastisch.

»Das habt Ihr gut hingekriegt, Henmann, Ihr wusstet, dass die törichte Margarete nicht merken würde, dass Ihr sie hinters Licht führt. Das Eigenamt gehört uns! Dem Kloster Königsfelden! Mit allen Rechten samt hohem Gericht! So hat es Herzog Friedrich 1411 bestimmt. Und was tut Ihr? Übertragt es einfach dem Gessler von Brunegg!«

Henmann begann zu schwitzen. Elisabeth war nicht nur wohlgestalt, sondern auch klug. Wenn sie ihn beim obersten Landesherrn wegen der Entfremdung von Königsfelder Gütern anzeigte, konnte die Lage für ihn äußerst unangenehm werden.

»Gessler ist auch ein Gefolgsmann der Habsburger«, versuchte er sich zu verteidigen. »Das Eigenamt bleibt auf jeden Fall unter der Landesherrschaft von Herzog Friedrich!«

»Gessler ist dafür bekannt, dass er Habsburger Eigen

weiterverpfändet! So wie Grüningen an die Zürcher. Das ist ganz gewiss nicht in Friedrichs Sinn! Er hat das Eigenamt dem Kloster vergabt, weil er weiß, dass wir es gut verwalten.«

»Ich war ja auch nur Zeuge bei diesem Vertrag, man hat mich eben hinzugezogen, weil ich zufällig da war.«

»Ihr wart nicht zufällig da!« rief Elisabeth nun erbost. »In jenem Jahr wart Ihr Vogt auf der Brunegg! Ihr habt den Handel eingefädelt!«

»Glaubt mir, das ist nicht wahr! Gessler wusste, dass Margarete meine Base ist, und deshalb hat er mich gebeten, den Handel zu bezeugen. Ich wollte ihn davon abbringen, aber er hat darauf bestanden, dass ich als sein Vogt mitunterschreibe. Danach habe ich mein Amt auf der Brunegg aufgegeben!«

»Oh, Ihr Armer!« Ihre Stimme triefte vor Hohn. »Zum Glück hat die fromme Margarete Euch dann zum Hofmeister von Königsfelden gemacht! Den Fuchs hat sie in den Hühnerstall geholt!«

»Was wollt Ihr damit sagen? Ich habe als Hofmeister immer treu die Angelegenheiten des Klosters vertreten!«

Elisabeth seufzte streng. »Das ist der Grund, warum Ihr überhaupt noch hier seid, Henmann! Seit ich zurück bin, habe ich versucht, all die Dinge zu entwirren, die Margarete in ihrer unsäglichen Torheit verfilzt und verwickelt hat. So habe ich erst vor kurzem diesen Vertrag überhaupt entdeckt. Und Eure Verstrickung! Daraufhin habe ich der Frau meines Oheims Friedrich, Herzogin Anna von Braunschweig, einen Brief geschrieben.«

Henmann erschrak. »Was habt Ihr geschrieben?«

Sie ließ ihn einen Augenblick schmoren, dann antwortete sie: »Ich habe die Herzogin gebeten, mit ihrem Mann auf den Papst einzuwirken, wenn sie nach Konstanz kommen. Friedrich ist der Generalkapitän des Papstes, er hat großen Einfluss auf Johannes. Der soll uns ein Privileg ausstellen, dass unser Kloster gegenüber den Gesslern wieder in die alten Rechte eingesetzt wird. Und ihr werdet nach Konstanz reisen und dieses Privileg besorgen, Henmann.«

Im Jahr zuvor war die Region an Bodensee und Rhein zum Zentrum der Welt geworden. Drei Päpste gab es zu jener Zeit, die alle nur auf ihren eigenen Vorteil bedacht waren, sodass die Gläubigen nicht wussten, wessen Bischöfe und Priester die richtigen waren und wem sie noch vertrauen konnten. So war jedermann erleichtert gewesen, als der mächtigste der drei Päpste, Johannes XXIII., 1414 zu einem Konzil geladen hatte, welches endlich das unselige Schisma der Kirche beenden sollte. Und das Beste war, dass dieses Konzil nördlich der Alpen stattfand, kaum drei Tagesreisen von Königsfelden entfernt: in der Reichsstadt Konstanz am Bodensee. Papst und König gemeinsam so nahe – so etwas hatte es noch nie gegeben! Alle bedeutenden Adligen würden sich hier einfinden, darunter auch Herzog Friedrich, und die Wege für die Erteilung und Bestätigung von Privilegien aller Art waren plötzlich kurz geworden.

Der Hofmeister war erleichtert, offenbar hatte Elisabeth ihn noch nicht an den Herzog verraten. Doch nun fuhr sie fort: »Und solltet Ihr es wagen, ohne das Privileg zurückzukommen oder womöglich gar bei Friedrich Klage zu führen gegen mich, wie Ihr es vorhin den beiden Königinnen in der Kirche angekündigt habt, dann, mein lieber Henmann, werde ich nicht zögern, dem Herzog darzulegen, wie Ihr an der Entfremdung von Königsfelder Gütern mitgewirkt habt und daran, seinen ausdrücklichen Willen zu missachten.«

Dabei hielt sie den Vertrag hoch und zeigte auf seinen Namen. »Ihr wisst, wie wichtig das Kloster Königsfelden den Habsburgern wegen der Grablege ist!«

Henmann verneigte sich vor der Äbtissin. »Ich werde Euch das Privileg bringen!«

Nun lächelte Elisabeth. »Dann wird es mir eine Freude sein, Euch auch in Zukunft als Hofmeister des Klosters mit wichtigen Aufgaben zu betrauen.«

»So ein Privileg wird aber einen Haufen Geld kosten.«

»Die Familie von Mülinen ist reich.«

»Ihr meint …« Henmann verstummte. Er wusste, was sie meinte. Die Kosten würde er aus seinem eigenen Säckel begleichen müssen.

»Dann werde ich zwei Knechte mitnehmen. Die Zeiten sind unsicher.«

»Auch der Abt von Wettingen reist zum Konzil, gemeinsam mit dem Vogt von Baden. Ihr trefft sie morgen um die Mittagszeit in Wettingen.«

Damit war Henmann entlassen. Er verneigte sich noch einmal und wandte sich zum Gehen. Bevor er die Tür schloss, hörte er sie lächelnd sagen: »Und Henmann! Euer Bart ist grau geworden, Ihr solltet ihn abnehmen.«

7. Februar 1415

Henman von Mülinen traf gegen Mittag am Tor des Klosters Wettingen ein. Begleitet von seinen Knechten Konrad und Hermlin war er von Schloss Kasteln zunächst nach Baden geritten. Bei Schinznach hatte er die Aare, bei Mülligen die Reuss überquert, und in Baden ritt er über die Limmatbrücke. Er hoffte, nicht schon unterwegs der Badener Delegation zu begegnen. Es war ihm früh genug, wenn er Ulrich Klingelfuss in Wettingen wiedersah, und beim Gedanken an die kommenden Reisetage in Begleitung des Badener Vogts fühlte er einen sauren Geschmack im Mund. Außerdem trug der Beutel mit Golddukaten, den er am Gürtel trug, nicht zur Besserung seiner Laune bei. Zu viele Räuber waren in den Wäldern unterwegs, und zu viele Ritter, die auch nichts anderes als Räuber waren, machten den Reisenden rund um die Konzilstadt Konstanz das Leben schwer.

Die Männer ritten nach der Brücke limmataufwärts, bis sie zu der großen Flussschleife kamen, in der sich eine hügelige Halbinsel gebildet hatte: ein idealer Ort für ein abgeschiedenes Kloster. Auf der einen Seite schützte der Fluss die Zisterzienserabtei Wettingen, auf der Landseite hatte man eine Mauer gebaut, die den Klosterbezirk vom Festland abriegelte. Mülinen durchquerte zunächst einen kleineren Torbau, auf dem das Wappen des Klosters Maria

Meerstern und daneben der Adler der habsburgischen Schirmherren prangte.

Danach erhob sich linker Hand vor der Mauer die Sankt-Anna-Kapelle. Das danebenliegende »Weiberhaus« war direkt an die Klostermauer angebaut. Es diente zur Unterbringung von Pilgern und weiblichen Klosterbesuchern, aber auch als Wohnhaus für Konversenschwestern. Selbst in einem Männerkloster, in dem Frauen der Zutritt vollkommen verwehrt war, konnte man auf weiblichen Beistand nicht ganz verzichten: Zum Nähen, Stricken und Flicken waren die Schwestern an der Mauer unerlässlich.

Der große Torbau, der in den inneren Klosterbezirk führte, war hohen Gästen vorbehalten. Heute durften sich dort der Vogt von Baden und der Hofmeister der Abtei Königsfelden eine Kammer teilen, was vor allem Henmann heftig missfiel. Ohnehin wäre er lieber sofort aufgebrochen. Der Abt von Wettingen, Johann Türr, hatte jedoch entschieden, dass sie noch den Gottesdienst besuchen und anschließend ein frühes abendliches Mahl mit ihm teilen sollten, bevor die Reisegruppe sich am nächsten Tag auf den Weg ins sündige Konstanz machen würde.

So knieten Henman von Mülinen und Ulrich Klingelfuss gezwungenermaßen einträchtig nebeneinander vor dem Altar in der Konversenkirche, dem hinteren Teil der Klosterkirche, der auch für Gäste offenstand, während der Teil vor dem Lettner nur für die weißen Mönche bestimmt war.

»Wir benützen nur ungefärbte Schafswolle für unsere Kleider, die mit der Zeit vom Waschen weiß werden«, erklärte ihnen der Abt beim anschließenden Mahl in seiner bescheidenen Wohnung die Herkunft dieser Bezeichnung. Türr war dafür bekannt, dass er das Kloster wieder zur alten zisterziensischen Zucht geführt hatte. Die Mönche mussten von ihrer Hände Arbeit leben, daher gab es auf der Klosterhalbinsel Stallungen, Felder, Wiesen, Gärten und Weinberge. Fische holte man aus der Limmat. Allerdings wurde der größte Teil der landwirtschaftlichen Erzeugnisse verkauft, den Mönchen wurde nur das nötigste zugestanden. So war die Kirche auch nicht beheizt, ja nicht einmal die Wohnung des Abtes wies einen Kamin auf, und da es jetzt, Anfang Februar, noch einmal bitter kalt geworden war, fror Henmann jämmerlich. Die fleischlose Suppe, die der Abt servieren ließ, wärmte ein wenig von innen, aber der Hofmeister war froh, als er beim ersten Dämmern auf seinem Strohsack unter einem dickgefüllten Federbett lag.

»Die Mönche können einem leidtun!« sagte Ulrich Klingelfuss auf dem Strohsack neben ihm. »So eine Kälte! Und nur ein einziger beheizter Raum im ganzen Kloster, die Krankenstube! Dann dieser Fraß! Kein Wunder werden sie nicht alt!«

Henmann hatte Ähnliches gedacht, konnte das dem Stadtvogt aber nicht zugestehen.

»Sie haben ihr Schicksal selbst gewählt. Vielleicht sind sie damit Gott näher als wir!«

»Ich vergaß, dass Ihr ja auch Hofmeister eines Klosters seid. Soviel ich weiß, müssen Eure Klarissen aber nicht derart darben, ganz im Gegenteil!« Dabei lachte er, sicher in Gedanken an das Mahl mit Elisabeth von Leiningen am Hoftag, was Henmann zur Weißglut brachte.

»Ihr Städter denkt immer nur an euren Wanst! Es gibt auch noch andere erstrebenswerte Dinge.«

»Und wonach strebt Ihr, wenn Ihr auf eurem Schloss Kasteln ein Gelage veranstaltet?«

»Das, was ihr Gelage nennt, sind ritterliche Spiele. Aber davon versteht ein Pfeffersack wie Ihr ja nichts.«

»Erinnert ihr Euch an den Lehenstag vor drei Jahren in Baden? Den hatte ich als habsburgischer Vogt damals ausgerichtet. Und bei den Ritterspielen, die wir dort veranstaltet haben, hat mein Jagdfalke den ersten Preis gewonnen. Ein weißer Gerfalke!«

Henmann zog es vor zu schweigen. Einen so teuren Jagdfalken konnte er sich nicht leisten.

»Ach, ich vergaß, Ihr seid damals schon früh verschwunden«, fuhr Klingelfuss fort. »An den Spielen habt Ihr gar nicht mehr teilgenommen. Warum eigentlich nicht?«

»Ein echter Ritter zieht es vor, sich mit seinesgleichen zu messen, nicht mit Bäckern und Krämern.«

Nun war es an Klingelfuss, der ja aus einer Bäckersfamilie stammte, zu schweigen.

Es dauerte lange, bis Henmann einschlafen konnte, und als er endlich in Morpheus' Armen versank, suchten ihn Träume heim, die er längst überwunden glaubte, Träume von Äbtissin Elisabeth und Ulrich Klingelfuss.

8. Februar 1415

Am nächsten Morgen erwachten sie schon, bevor es hell wurde. Die Glocken auf dem Dachreiter der Kirche riefen Mönche und Gäste zur Messe. Schlaftrunken und ohne groß zu überlegen kleidete Henmann sich hastig an und folgte dem Ruf, denn es war ihm wichtig, rechtzeitig in der Kirche zu sein. Klingelfuss indes gähnte und streckte sich noch einmal auf seinem Strohsack aus. Erst nach der halben Messe kam auch er in die Kirche und kniete sich neben den Hofmeister auf den eisigen Boden. Dafür betete er besonders eifrig, aber bei genauerem Zuhören glaubte Henmann Worte zu vernehmen wie »Verfluchte Kälte!« und »Verdammte Pfaffen!«

Der Hofmeister lachte leise in seinen Bart, doch das Lachen sollte ihm schnell vergehen.

Als sie in ihrer Kammer alles für den Aufbruch zusammenpackten, brachte ihnen ein Knecht dünne Suppe, etwas Brot und einen Krug Wein. Lustlos machten sie sich darüber her.

»Sauer!« war der einzige Kommentar des Stadtvogts, und damit meinte er wohl den Wein.

»Ihr habt geschnarcht heute Nacht!« antwortete Henmann nur.

»Dafür habt Ihr im Schlaf mit den Zähnen geknirscht. Wer weiß, welch harte Speisen Ihr zermalmen musstet!«

Henmann dachte an seine Träume, aber dann fiel ihm plötzlich etwas anderes ein.

»Mein Beutel!«

Er stürzte zu seinem Strohsack, aber wie er ihn auch wendete und anhob, sein Beutel mit dem Geld für den Papst lag nicht mehr darunter. Keuchend stand er auf und sah Klingelfuss durchdringend an.

»Wo ist der Beutel?«

Der hörte auf, an seinem Brot zu kauen. »Wovon sprecht Ihr?«

Henmann packte ihn am Wams, dass dem Vogt vor Schreck das Brot aus der Hand fiel, dann schrie er ihn an: »Wo ist mein Beutel?«

Klingelfuss schlug ihm die Arme weg. »Ich hab Euren Beutel nicht! Wie könnt Ihr es wagen, mich des Diebstahls zu beschuldigen?«

Henmann lief die steile Treppe hinab zum Stall neben dem Torhaus. Dort waren die Knechte dabei, die Pferde zu satteln. Sein Brauner stand schon parat.

»War einer von euch in meiner Kammer?«

»Nein, Herr«, antwortete Hermlin, »wir haben nebenan im Stroh geschlafen und waren wie Ihr in der Messe. Ihr habt uns doch gesehen!«

Henmann war inzwischen bleich wie die geweißte Stallwand.

»Mein Beutel … Er ist weg!«

»Herr, wie ist das möglich?«

Da trat Ulrich Klingelfuss hinzu.

»Vielleicht habt Ihr ihn ja schon in den Satteltaschen Eures Pferdes verstaut!« sagte er, und Henmann glaubte, hinter den Worten ein kleines Lachen zu vernehmen.

Rasch durchsuchte er die Taschen, und tatsächlich fand sich darin der Lederbeutel mit dem eingeprägten Mühlrad der Mülinen auf der Vorderseite. Henmann zog ihn heraus und zählte nach, ob noch alle Münzen da waren. Es fehlte nicht eine.

»Dann müsst Ihr ihn wohl schon vor dem Kirchgang verstaut und es wieder vergessen haben!« stellte Klingelfuss in scheinheiligem Ton fest. »Das passiert. Mein alter Vater vergisst auch häufig Dinge, die er soeben getan hat.«

Henmann starrte den Vogt wütend an. Einer der Knechte lachte, verstummte aber sofort, als er den Blick seines Herrn sah. Da beschloss Henmann, dass Klingelfuss für diesen Streich bezahlen würde.

Es war eine große Gruppe, die um die siebte Stunde das Kloster Wettingen verließ. Der Vogt von Baden mit vier Soldaten, der Hofmeister des Klosters Königsfelden mit zwei Knechten und der Abt des Klosters Wettingen mit zwei Konversen ritten auf Pferden und Maultieren zum Tor hinaus. Ein solcher Trupp würde wohl schwerlich von Räubern überfallen werden. Sie wandten sich von der Limmat ab und nahmen den Weg über Otelfingen, Buchs und Regensdorf nach Kloten. Auf den Hügeln ringsum lag noch Schnee, und auch im Talgrund, durch den sie zogen, waren die Bäche mit einer Haut aus Eis überzogen. Der Rauch aus den Kaminen der Bauernhäuser stieg senkrecht in den hochnebelgrauen Himmel. Die Menschen kamen aus ihren Häusern, als sie die Delegation vorbeireiten sahen, und verbeugten sich. Auch wenn sie nicht wussten, wer die Reiter waren, so erkannten sie doch an deren Gewändern, dass es hohe Herrschaften sein mussten. Der Abt trug einen dunklen Wollmantel über dem weißen Untergewand und eine wollene Mütze über der Tonsur, der Badener Vogt hatte sich einen dicken Pelzmantel und eine ebensolche Mütze angelegt, während Henmann über dem Pelz sogar noch einen blauen Mantel mit dem Wappen der Mülinen trug: ein schwarzes Mühlrad auf gelbem Grund.

Während ihres Rittes sprachen sie nicht viel, die Kälte nahm ihnen die Laune. In Kloten legten sie am Mittag eine Rast ein. Schon von Weitem sahen sie das Gasthausschild »Zum Wilden Mann« an der Hauptstraße. Ulrich Klingelfuss sprang als erster von seinem prächtigen Apfelschimmel, den er seinen Soldaten überließ, und stürmte in die geheizte Schenke. Dem Abt half einer der Konversen von seinem Maultier auf den Boden zu kommen, während Henmann mühsam, aber eigenfüßig vom Pferd stieg. Dann führte er seinen Braunen am Zügel in einen Stall und rieb ihn mit etwas Stroh ab. Trotz der Kälte war das Pferd ins Schwitzen geraten.

»Gebt ihm reichlich Hafer!« wies er seine Knechte an. »Wir haben noch ein gutes Stück heute, und er ist nicht mehr der Jüngste. Danach kommt in die Stube, um euch aufzuwärmen.«

Dann begleitete er den Abt, der auf ihn gewartet hatte, in die Schenke. Dort hatte sich Klingelfuss schon an den

Kamin gesetzt und eine Platte mit Gänsebraten und einen Krug Wein kommen lassen.

»Einen wunderbaren Rheinwein gibt es hier!« empfing er sie mit erhobenem Becher. »Wer hätte das gedacht, in diesem Nest!«

Der Abt von Wettingen sprach ein Tischgebet, Henmann hielt solange seinen Kopf gesenkt, während Klingelfuss in den Gänsebraten biss, dass ihm das Fett am Kinn hinablief. Anschließend bat der fromme Mann um etwas Brot, während Henmann es dem Vogt gleichtat und Gänsebraten bestellte.

»Auf Euer Wohl, Herr Ritter mit dem Mühlrad!« prostete Klingelfuss Henmann zu. »Waren Eure Vorfahren vielleicht Müller, dass Ihr dieses Zeichen so stolz auf Brust und Beutel tragt?«

Henmann sah ihn ergrimmt an.

»Meine Vorfahren sind schon seit Jahrhunderten Ritter! Wir stammen aus Mülligen, daher haben wir dieses Zeichen. Uns gehören die dortige Burg sowie Schloss Kasteln und die Burg Ruchenstein!«

Klingelfuss lachte nur, was Henmann noch mehr in Rage versetzte. »Wenn Ihr von Adel wärt, dann müsste ich Euch das nicht erklären!«

»Mag sein, mag sein, Herr Ritter. Ich kann mir dafür ein prächtiges Ross und einen teuren Falken leisten.«

Dem Abt war der Disput sichtlich peinlich. Er versuchte abzulenken.

»Meine Herren, welches sind eure Absichten in Konstanz?«

»Ich weiß nicht, welche Absichten der Herr Vogt hat«,

antwortete Henmann, »ich bin jedenfalls im Auftrag des Klosters Königsfelden unterwegs, um beim Papst ein Privileg zu erhalten.«

»Und Ihr, Herr Klingelfuss?« wandte sich der Abt an den Badener.

»Ich will meinen Herrn, den Herzog Friedrich von Habsburg, treffen. Wir haben einiges zu besprechen bezüglich der Stadt Baden und der Burg Stein. Und was treibt den Abt der Ziesterzienser in die Konzilstadt?«, wollte nun seinerseits Klingelfuss wissen und ergänzte spöttisch: »Gewiss nicht die große Schar von Hübschlerinnen, die sich dort versammelt haben soll, oder?«

Dabei zwinkerte er Henmann verschwörerisch zu. Der schaute rasch zur Seite.

Der Abt sah den Vogt strafend an: »Wir haben einen Zwist mit der Äbtissin des Klosters Fahr, den wir dem Papst vortragen wollen. Wir hoffen, dass er uns ein Privileg ausstellt, in dem unsere Rechte eindeutig bestätigt werden.«

»Ja, der Herr Papst hat viel zu tun in diesen Tagen!« fuhr Klingelfuss in immer gleich spöttischem Ton fort. »Alle strömen zu ihm, die mühselig und beladen sind, weil sie mit anderen im Streit liegen und Privilegien und Pfründen von ihm bekommen wollen. Ich hoffe nur, dass ihr auch genügend Geld bei euch habt, denn dafür heißt es bezahlen. Der Weg durch die päpstliche Kanzlei ist lang: Zuerst die Supplik, dann das Konzept vom Abbreviator, dann die Reinschrift durch die Skriptoren, danach die Prüfung durch die Camera secreta, anschließend die Siegelung, schließlich die Registrierung – und jeder Schritt kostet!«

»Ihr scheint Euch ja damit auszukennen!« bemerkte Henmann trocken.

»Das will ich meinen! Ich war im Herbst schon einmal in Konstanz, und ich kann euch sagen: Der gute Papst Johannes tut nichts umsonst!«

Da erhob sich der Abt mit eisiger Miene. »Wir sollten jetzt weiterreiten.«

Obwohl Henmann gerne noch in der warmen Gaststube geblieben wäre, sah er ein, dass es besser war aufzubrechen, denn die Tage waren kurz, und sie wollten Winterthur erreichen, bevor der Abend hereinbrach. Außerdem lag ihm nichts daran, die Unterhaltung mit den ungleichen Reisegenossen, die einzig ihre Treue zu Habsburg einte, fortzusetzen.

In der Tat dämmerte es schon, als sie die Stadt mir ihrem knappen Dutzend Türmen vor sich liegen sahen. Sie überquerten die Töss, dann die Eulach, die von Mühlen gesäumt war, und ritten durch das Untertor nach Winterthur hinein. Es hieß, dass etwa 2.000 Seelen hier lebten, alle treue Untertanen der Habsburger. Einige der Familien kannte der Hofmeister, zumindest dem Namen nach, denn unter den Helden von Sempach, die 1386 ihr Leben für die Habsburger gegeben hatten, waren auch adlige Winterthurer wie die von Seen oder von Ems gewesen. In der Klosterkirche Königsfelden waren auch sie verewigt. Und noch in der Schlacht am Stoss gegen die Appenzeller 1405 hatten viele Winterthurer ihre Treue zu Habsburg mit dem Leben bezahlt. Dass sie sich dann eine Zeitlang unter den Schutz der Stadt Zürich gestellt hatten, hörte man heute nicht mehr gern. Die Habsburger hatten das Zürcher Abenteuer damals schwer bestraft, der dafür verantwortliche Schultheiß war ertränkt worden.

»Der jetzige Schultheiß Huntzikon ist ein Freund von mir!« verkündete Klingelfuss, als sie die Marktgasse hochritten. »Ich werde bei ihm zu Gast sein. Er wohnt gleich hier drüben in dem roten Haus. Wenn ich euch einen Rat geben darf, geht zu Rudolf Schultheiß unterm Schopf. Er hat eine Badstube in der Vorstadt und vermietet auch Schlafkammern. Dort gibt es Essen, Trinken und schöne Weiber so viel ihr wollt!«

»Damit kennt ihr Euch ja aus!« bemerkte Henmann bitter, und Abt Johann erwiderte säuerlich: »Auf Euren Rat kann ich verzichten!« Dabei zeigte er auf einen spitzen Turm, der sich im Dämmerlicht hinter den Häusern der Marktgasse erhob. »Ich werde beim Heiligen Laurentius in der Stadtkirche wohnen.«

»So wünsch ich euch beiden eine gute Nacht! Auf dass eure Bettgenossen nicht schnarchen werden!« Klingelfuss lachte. »Morgen treffen wir uns um die siebte Stunde wieder hier und reiten nach Konstanz.«

Dann wendete er seinen Schimmel und ritt zum prächtigsten Haus am Platz.

Auch Henmann dachte zuerst, er werde den Rat des Vogtes nicht brauchen, aber da er vom langen Ritt durchgefroren war, kam ihm plötzlich der Gedanke an ein wärmendes Bad gar nicht mehr so abwegig vor. Unwillig folgte er den Anweisungen von Ulrich Klingelfuss und fand in der Vorstadt tatsächlich eine gemütliche Schenke mit angeschlossener Badstube vor. Sein Pferd konnte er im dazugehörigen Stall unterbringen, und auch für die beiden Knechte fand sich ein Bett. Diesen übergab er seinen Beutel mit dem Befehl, ihn keinen Augenblick unbewacht zu lassen. Erschöpft genehmigte sich Henmann dann ein Dampfbad, er ließ sich vom Badeknecht mit Birkenbüscheln die Haut rotpeitschen, danach den erhitzten Körper mit einem Schwall eiskalten Wassers abspülen, und schließlich setzte er sich in einen großen Holzzuber, der mit warmem Wasser gefüllt war. Quer über die Wanne legte der Badeknecht ein Brett, dann brachte er am Spieß geröstetes Schweinefleisch, Brot und Wein. Da fand Henmann, dass die Reise nach Konstanz sich doch ganz gut anlasse.

Er sollte schnell eines Besseren belehrt werden.

»Wenn das nicht der Hofmeister von Königsfelden ist!« rief plötzlich jemand aus dem Zuber nebenan.

Henmann schrak hoch, diese Stimme kannte er nur allzu gut. Heinrich Gessler von Brunegg hatte ihn damals genötigt, den Vertrag zu bezeugen, mit dem er dem Kloster Königsfelden das Eigenamt abgeluchst hatte. Henmann hatte eigentlich im Dienst von Heinrichs verwitweter Mutter gestanden, doch deren ältester Sohn hatte sich in alles eingemischt. Er war ein Raufbold und Tunichtgut, der bei einem Kampf sogar ein Auge verloren hatte. Seinen verschwenderischen Lebensstil finanzierte er damit, dass er immer wieder Teile der Habsburger Besitzungen, die seine Familie als Pfand erhalten hatte, weiterverpfändete. So lebten seine Untertanen in ständiger Angst, den habsburgischen Schutz zu verlieren und unter eidgenössische Herrschaft zu kommen. Henmann hatte ihn zutiefst verabscheut, daher war er auch nur für kurze Zeit bereit gewesen, als Vogt für Brunegg zu amtieren.

Nun saß Gessler neben ihm in der Wanne, vor sich eine Schweinshaxe und einen Krug Wein. Seine Schultern waren mit einem Haarflaum bedeckt, der ebenso dunkel war wie sein Haupthaar und der dicke Bart. Er sah Henmann mit breitem Grinsen an.

»Was treibt Euch in die Stadt an der Eulach? Gibt es in Baden keine Badstuben mehr?«

Wiehernd lachte er über seinen Witz, dann fuhr er fort: »Oder seid Ihr womöglich auf dem Weg zum Konzil in Konstanz? Es heißt, unser oberster Landesherr Herzog Friedrich werde demnächst dort eintreffen!«

»Was geht's Euch an!« erwiderte Henmann nur und schloss die Augen in der Hoffnung, dass der andere ihn in Frieden lassen möge.

Doch Gessler redete ungerührt weiter. »Ich habe gehört, dass die Äbtissin Elisabeth nicht begeistert war von dem, was ihre Vorgängerin ihr hinterlassen hat.«

»Wenn Ihr's so gehört habt, mag es wohl so sein.«

»Vor allem habe sie sich geärgert über einen gewissen Vertrag!«

»Mein Tag war lang, lasst mir meine Ruhe!«

»Wisst Ihr, Herr Hofmeister, ich werde morgen nach Konstanz weiterreiten, damit ich rechtzeitig dort bin, wenn unser Herzog kommt. Ich habe einiges mit ihm zu bereden.«

Er wartete gespannt auf die Reaktion des Ritters von Mülinen, und in der Tat traf Henmann diese Ankündigung empfindlich. Nun würde es viel schwieriger werden, das Privileg des Papstes zu erhalten, mit dem er den Vertrag zwischen den Gesslern und Königsfelden rückgängig machen wollte. Gessler würde gegen ihn intrigieren, das war etwas, was er besonders gut konnte, und Henmanns Auftrag würde damit, wenn nicht unmöglich, so auf jeden Fall wesentlich kostspieliger werden.

Er seufzte und überlegte noch, was er erwidern konnte, als eine Bademagd an seinen Zuber trat. Sie schüttete einen Eimer heißes Wasser nach und lächelte ihn an. Doch plötzlich wurde sie von hinten gepackt, haarige Arme und Hände zerrten sie von Henmann fort, sie schrie auf und fiel fast in Gesslers Zuber.

»Komm her, du dralle Dirn«, lachte der, »lass den Klosterdiener seine faden Knochen baden, ich zeige dir, was ein rechter Mann ist!«

Auf das Schreien der Magd kam der Bader herbeigelaufen.

»Herr Gessler, wenn Ihr andere Dienste wünscht als zu baden, dann müsst Ihr Euch nach nebenan begeben! Dort sind die Gemächer der gemeinen Frauen, die Mägde hier sind nur für das heiße Wasser zuständig!« Er nahm die Frau an der Hand und zog sie fort.

Gessler lachte laut und sagte zu Henmann: »In Baden sind die Mägde nicht so zimperlich.«

Doch Henmann war die Lust am Wannenbad vergangen. Er rief nach dem Bader und fragte nach einem Handtuch, dann erhob er sich und trocknete sich ab.

Dabei stand er neben der Wanne von Gessler. Als er sich zum Gehen wandte, packte ihn der am Arm und zog ihn mit starkem Griff soweit zu sich hinab, dass Henmanns Nase fast an seine stieß. Dann knurrte er: »Wenn Ihr keinen Ärger haben wollt, Hofmeister, dann vergesst den Vertrag!«

Henmann schüttelte ihn zornig ab und ging ohne ein weiteres Wort davon. Laut rief ihm der andere nach: »Ich wünsch Euch viel Vergnügen in der Konzilstadt!«

9. Februar 1415

Es war noch dunkel, als Henmann, der Abt und Ulrich Klingelfuss von Winterthur Richtung Konstanz aufbrachen. Trotz des Ärgers mit Gessler hatte Henmann nach seinem Bad gut geschlafen. Bevor er zu Bett ging, hatte er überprüft, ob auch noch alle Münzen in seinem Beutel waren. Dann war er zum Schnarchen seiner Knechte, die sich das zweite Bett in der Kammer teilten, beruhigt in tiefen Schlaf gefallen. Ulrich Klingelfuss wirkte weniger ausgeschlafen, offenbar hatte er mit seinem Freund, dem Schultheiß Huntzikon, ausgiebig das Wiedersehen gefeiert. Dem immer gleich missmutigen Gesicht des Abtes Johann sah man nicht an, ob er eine gute Nacht gehabt hatte oder nicht.

Langsam und ohne viel zu reden ritten die drei so unterschiedlichen Reisegefährten mit ihrem Gefolge zum Obertor hinaus, sie sahen in der einsetzenden Morgendämmerung links auf dem Hügel Sankt Arbogast liegen, durchquerten Wiesendangen und Islikon und trafen um die Mittagszeit in Frauenfeld ein.

Klingelfuss hätte gerne den Burgherrn Beringer von Hohenlandenberg aufgesucht, aber Henmann drängte darauf, nur einen kurzen Imbiss in der Stadt einzunehmen und dann weiterzureiten, damit sie noch am selben Tag Konstanz erreichen würden. Die Drohung von Gessler klang ihm in den Ohren, und obwohl Herzog Friedrich noch nicht in Konstanz eingetroffen war, wollte Henmann versuchen, auch ohne dessen Fürsprache beim Papst sein Privileg zu erhalten.

Sie fanden eine Schenke in der Züricher Gasse, in der Ross und Reiter etwas zu essen bekamen, doch als sie weiterreiten wollten, erlebte Henmann eine böse Überraschung.

Sein Brauner stand traurig auf dem Stroh, er ließ den Kopf hängen und hatte das linke Hinterbein angestellt.

»Er hat nichts gefressen, Herr«, erklärte Henmanns Knecht Hermlin unglücklich, »und er will hinten nicht richtig auftreten.«

Henmann klopfte seinem Hengst den Hals und redete ihm gut zu. Dann nahm er den Zügel und führte ihn im Kreis um den Hof der Schenke. In der Tat lahmte der Braune.

»Was ist passiert, Hermlin? Heute Morgen ist er doch noch ganz normal gelaufen!«

»Vielleicht hat er sich etwas in den Huf getreten. Aber er lässt mich nicht an sich ran.«

»Haltet ihn fest!« befahl Henmann seinen Knechten, und die beiden hielten den Hengst rechts und links am Halfter fest. Der Hofmeister versuchte, die Fessel des lahmen Beines zu greifen, doch kaum hatte er sie berührt, stieß der Hengst ein grunzendes Wiehern aus und schlug heftig aus. Henmann sprang zur Seite.

»Er hat wohl große Schmerzen. Vielleicht hat er sich wirklich unterwegs einen Stein eingetreten. Gibt es hier einen Hufschmied, der sich mit störrischen Pferden auskennt?« fragte er den Wirt der Schenke, der inzwischen vor die Tür gekommen war und ihnen zuschaute.

»Lasst es mich einmal versuchen!« Ulrich Klingelfuss hatte bereits auf seinem Apfelschimmel gesessen und war nun wieder abgestiegen.

»Ihr?« fragte Henmann geringschätzig. »Was wisst Ihr schon von Pferden?«

»Mein Schimmel ist zehnmal so viel wert wie Euer Gaul hier! Glaubt Ihr, ich würde nicht gut auf ihn achten? Er ist mein Augenstern!«

»So wie Euer Gerfalke. Ich weiß. Mit Geld kann man sich vieles kaufen. Ob man damit umgehen kann, ist eine andere Frage.«

»Auch wenn ich das Füttern und Putzen den Knechten überlasse, bin ich dennoch sein Herr, und ich liebe ihn gewiss so sehr wie er mich. Lasst mich schauen, was mit Eurem Braunen los ist.«

Henmann zuckte die Schultern und griff nun selber das Halfter seines Pferdes.

Ulrich Klingelfuss näherte sich dem Braunen von der Seite, strich ihm über die Mähne und redete leise auf ihn ein. Dann fuhr er ihm über die Kruppe und langsam mit der Hand das Bein hinab, wobei er immer weiterredete. Das Pferd bewegte seine Ohren, als ob es den Worten des Vogtes aufmerksam lauschte. Der hob vorsichtig das Bein an und besah sich den Huf.

»Da ist kein Stein.«

Dann stutzte er.

»Aber da ist etwas anderes!«

Mit einer Hand hielt er den Huf fest, immer weiter auf das Tier einredend, mit der anderen zog er das Messer, das er am Gürtel trug.

»Was habt Ihr vor?« rief Henmann alarmiert.

Klingelfuss führte die Messerspitze zwischen die langen Fesselhaare des Pferdes und riss sie abrupt hoch. Der Braune grunzte wieder und schlug aus. Doch der Vogt hielt triumphierend ein dünnes Seil in die Höhe.

»Da hat Euch jemand einen bösen Streich gespielt, Herr Ritter! Es ist ein Wunder, dass das arme Tier Euch bis hierher getragen hat! Habt Ihr denn nicht gemerkt, dass etwas nicht stimmte?«

Damit drückte er Henmann die Hanfschnur in die Hand. Der sagte erschüttert: »Nein, unter den langen Haaren habe ich das Seil nicht gesehen. Und unterwegs schien er mir nicht zu lahmen.«

»Im Zug mit den anderen Pferden wollte er wohl nicht zurückbleiben. Pferde sind so.«

»Was für ein teuflischer Anschlag!« Auch Abt Johann war noch einmal von seinem Maultier gestiegen, um zu sehen, warum sich ihre Abreise verzögerte. Anerkennend fügte er hinzu: »Herr Vogt, ich muss Euch loben! Ihr seid ein wahrer Pferdekenner!«

»Habt Dank Herr Abt! Ja, ich kenne mich mit manchem aus, auch wenn der Herr Ritter mich nur für einen einfachen Bäcker hält.«

Henmann zögerte einen Augenblick, doch schließlich hielt er Klingelfuss die Hand hin und murmelte einen Dank.

Als er die Schnur betrachtete, die ihm der Vogt gegeben hatte, kamen ihm die brutalen Hände von Gessler wieder in den Sinn.

Henmann ließ den immer noch lahmenden Braunen in Frauenfeld zurück, zusammen mit seinem Knecht Hermlin, und nahm dessen Pferd, um möglichst schnell Konstanz zu erreichen. Sie ritten das Thurtal entlang, überquerten den Fluss bei Eschikofen, und ab Wigoltingen kämpften sich die Reittiere langsam auf den Seerücken hoch. Rechter Hand sahen sie zwischen den Bäumen immer wieder die verschneiten Berge auf der anderen Seite des Tales liegen. Dann begann es allmählich zu dämmern und die Pferde mussten genau darauf achten, wo sie hintraten. Als sie bei Schwaderloh den höchsten Punkt erreichten, war es zu Henmanns Kummer bereits dunkel. Sie trauten sich nicht, über die vereisten Wege weiterzureiten und suchten sich ein Nachtlager. Jeder kam mit seinen Leuten bei einem anderen Bauern unter. Die Pferde wurden in den Stall gestellt, die Männer bekamen ein Strohlager und ein bescheidenes Abendmahl mit Milch, was vor allem Ulrich Klingelfuss sauer aufstieß.

10. Februar 1415

»Es wird Zeit, dass wir wieder in die Stadt kommen!« sagte er, als sie sich am nächsten Morgen trafen. »Ich sag ja nichts gegen sauren Wein, man kann nicht immer Malvasier trinken, aber Milch!«

Angeekelt verzog er das Gesicht. Die anderen lachten.

Dann ritten sie den Berg hinab Richtung Bodensee. Da sie sich inzwischen auf dem Pilgerweg befanden, der von Märstetten herkam, waren viele Menschen mit ihnen unterwegs, die meisten zu Fuß, einige wie sie zu Pferd oder auf Karren, mit denen sie Körbe voller Eier, Käse und Butter, Fleisch und Geflügel nach Konstanz brachten. Die Straße führte durch kleine Wälder und Wiesen.

»Ich kann mich gar nicht erinnern, hier früher so viele Wiesen gesehen zu haben«, bemerkte Abt Johann.

»Die Thurgauer machen inzwischen jede Brache zur Wiese«, erklärte ihm Ulrich Klingelfuss. »Sie ernten Heu und züchten Vieh in Massen und schaffen alles nach Konstanz. Die vielen Konzilsbesucher und ihre Pferde müssen ja etwas zu beißen haben! Und die Milch machen sie zu Käse. Was auch besser ist!«

Vor ihnen rechts tauchte eine Kapelle auf. Hier wusste

nun der Abt Bescheid. Er bekreuzigte sich, dann sagte er: »Bernrain. Eine heilige Pilgerstätte am Weg nach Einsiedeln. Ein frecher Junge aus Konstanz hat ein Kruzifix hier am Weg verspottet und dem Gekreuzigten an die Nase gegriffen. Daraufhin ist seine Hand festgewachsen, und er musste sieben Wallfahrten nach Einsiedeln versprechen, bevor sie wieder gelöst wurde. Und danach hat man die Kapelle gebaut.«

Klingelfuss schüttelte den Kopf. »Geschichten!«

Entrüstet erwiderte der Abt: »Das sind keine Geschichten! Der Priester von Sankt Stephan in Konstanz hat es mir erzählt. Ihm unterstehen das Dorf hier und die Kapelle. Er kannte den Jungen noch persönlich!«

Als sie bei der Kapelle ankamen, wurde ihr Blick jedoch weniger von dem kleinen Kirchlein als von der grandiosen Aussicht angezogen, die sich ihnen plötzlich eröffnete. Vor ihnen im weiten Tal lagen Konstanz und der Bodensee. Man sah die Stadtmauern und Tore und Türme, die gelben Schindel- oder roten Ziegeldächer der Häuser mit den Fahnen aus Rauch, die Kirchen und das Kloster Kreuzlingen vor der Mauer und rundherum schneebedeckte Wiesen und Felder und Rebberge und kleine Dörfer. Man sah zur Rechten den See liegen und links hinter der Stadt den Rhein auftauchen, der immer breiter und schließlich wieder zum See wurde, man sah die Insel Reichenau mit ihren Kirchen und das Schloss Gottlieben und jenseits des Tales verschneite Hügel.

»Dieser Ort ist von Gott gesegnet!« sagte der Abt andächtig.

Hoffentlich auch die Menschen, die darin zusammenkommen, dachte Henmann sorgenvoll.

Nicht zu Unrecht, wie sich bald zeigen sollte.

Langsam ritten sie den steilen Weg hinab durch das Dorf Emmishofen. Von hier aus führte die Straße geradewegs auf das gleichnamige Stadttor zu, hinter dem der Turm der Kirche Sankt Stephan und die Doppeltürme der Konstanzer Bischofskirche in einer Linie zu stehen schienen, ein Gebirge aus Steinquadern, dessen Gipfel sich immer höher türmten.

»Ich werde bei meinem Namensvetter, dem Heiligen Ulrich im Kloster Kreuzlingen einkehren«, gab Ulrich Klingelfuss bekannt.

»Ich schließe mich an«, sagte Henmann, der die Gastfreundschaft der Kreuzlinger Augustinerchorherren von einem früheren Konstanzaufenthalt her kannte. Er hoffte nur inständig, dass er nicht wieder die Kammer mit Klingelfuss würde teilen müssen.

Abt Johann sagte, er werde zu seinen Ordensbrüdern gehen, und als Klingelfuss entgegnete, dass die Zisterzienser doch gar kein Kloster in der Stadt hätten, erwiderte er: »Aber einen Stadthof, den Salmansweilerhof.«

»Ach richtig«, spottete daraufhin der Vogt, »die armen Zisterzienser von Salem machen in Konstanz so gute Geschäfte mit dem Salz aus Hallein, dass sie gar nicht wissen, wohin mit dem Geld! Da werden sie wohl auch noch ein Plätzchen finden für einen Bruder aus dem Aargau.«

Der Abt wandte sich ärgerlich von ihm ab, grüßte Henmann und ritt dann durch das Emmishofertor in die Stadt hinein. Die anderen beiden bogen vor der Stadtmauer ab und ritten zum Kloster Kreuzlingen, das vor dem nach ihm benannten Kreuzlinger Tor lag. Dem Bruder Pförtner im schwarzen Habit erklärten sie, wer sie waren und was sie begehrten. Der lachte. »Ein Bett wollt ihr haben? Womöglich sogar jeder eins? Unser Gästehaus ist voll! Jetzt, wo es bald an die Papstwahl geht, kommt alle Welt nach Konstanz. Manche der Knechte schlafen sogar in Hundehütten oder leeren Weinfässern!«

»Das wäre doch ein guter Schlafplatz für Euch, Klingelfuss, wo Ihr so gerne Wein trinkt!« war es nun an Henmann zu spotten.

Doch Klingelfuss zog ungerührt seinen Beutel heraus und hielt dem Pförtner eine Münze hin. »Werter Bruder, das ist für Eure Armen. So ein Almosen könnt Ihr doch nicht ablehnen! Und ich will nicht mehr als einen Ort, wo ich des Nachts meine Glieder ausstrecken kann.« Mit Blick auf Henmann fügte er hinzu: »Im äußersten Notfall würde ich mein Lager sogar mit diesem Herrn teilen.«

Der Augustiner sah auf die blinkende Münze und überlegte. Schließlich sagte er: »Ich kann ja mit dem Bruder Hospitarius sprechen, vielleicht findet sich noch etwas.«

Kurze Zeit später kam er mit einem zweiten Bruder zurück, der ihnen bedeutete, ihm zu folgen. Nachdem er den Knechten den Weg zum Stall gewiesen hatte, wo sie im Stroh bei den Pferden schlafen mussten, führte er Henmann und Klingelfuss nicht zum Gästehaus, wie sie gedacht hatten, sondern durch den Kreuzgang zum Abtshaus.

»Unser ehrwürdiger Vater wird euch eine Kammer freimachen. Die Vertreter des Hauses Habsburg sind ihm willkommen!«

Henmann atmete auf. Wenn sie eine eigene Kammer bekamen, würde es womöglich auch zwei Betten geben. Doch er freute sich zu früh.

Die angekündigte Kammer entpuppte sich als Kämmerchen, in dem zu normalen Zeiten wohl allerlei Gerümpel aufbewahrt wurde. Nun hatte man ein Bett hineingestellt, das den Raum fast völlig ausfüllte.

»Mein lieber Herr Ritter, ich fürchte, wir werden uns diesen Pfühl teilen müssen«, sagte Klingelfuss spöttisch. »So wird uns wenigstens nicht kalt in der Nacht.«

Henmann musste rasch erkennen, dass es nicht einfach sein würde, das Privileg beim Papst zu bekommen. In der Konzilstadt war Fastnacht, die Tage vor den Osterfasten. In den Straßen herrschte ausgelassenes Treiben, Gaukler führten ihre Kunststücke vor, Musiker erfüllten die Stadt mit Pfeifen- und Businenklängen, aber auch die normalen Bürger hatten sich in bunte Fleckenkleider gehüllt und trieben allerlei Schabernack. So war es schwierig, überhaupt zur Bischofspfalz beim Münster vorzudringen, wo Papst Johannes mit der Kurie residierte.

Am Fastnachtsdienstag gab es sogar ein Turnier auf dem Pfalzhof.

»Es heißt, dass auch der König daran teilnimmt!« erzählte ihnen der Bruder Pförtner. »Dabei soll es allerlei Mummenschanz geben.«

Obwohl Henmann ärgerlich war über diese Verzögerungen, ließ er sich von Ulrich Klingelfuss überreden, gegen Mittag mit ihm zum Turnier zu gehen.

Beim Münster gab es ein großes Gedränge, weil das Spektakel auf dem ummauerten Hof vor der Bischofspfalz schon begonnen hatte. Die beiden Aargauer schoben sich durch eines der Tore hinein bis zur Abschrankung des Turnierplatzes. Normalerweise hätten sie ihrem Rang entsprechend auf der Tribüne gesessen oder sogar an den Kämpfen teilgenommen, aber in Konstanz hielten sich zu jener Zeit viele Männer auf, die wichtiger waren als ein Stadtvogt und ein Klosterhofmeister, und da sie spät gekommen waren, mussten sie beim einfachen Volk stehen. Immerhin schafften sie es, sich ganz nach vorn an die Seile zu drängen.

»Vielleicht bekommen wir den Papst zu sehen!« sagte Henmann hoffnungsfroh. »Er wohnt ja dort in der Pfalz.«

Ein Mann neben ihm lachte. »Johannes hasst Turniere. Er arbeitet nachts und will tagsüber schlafen. Der Turnierlärm stört ihn nur, der lässt sich bestimmt nicht sehen.«

Das Gestech war schon vorüber, inzwischen war man beim Buhurt, dem Formationsreiten, angelangt. Die Turnierreiter trugen keine normalen Rüstungen, sondern waren ebenfalls fastnächtlich kostümiert. Türken gab es zu sehen, Jäger, Vogelsteller, Riesen, Mönche und Nonnen, ja die Herren ritten unter dem Johlen der Menge gar als Knechte und Bauern in die Arena. Einer der Ritter war als wilder Mann verkleidet. Auf einem großen Rappen galoppierte er das Seil entlang, an dem Henmann und Klingelfuss sich festhielten. Da holte er plötzlich aus, und ehe Henmann reagieren konnte, versetzte ihm der Reiter mit dem Turnierkolben einen Schlag auf den Kopf.

Als der Hofmeister wieder zu sich kam, sah er das Gesicht von Ulrich Klingelfuss über sich.

»Wo bin ich? Was ist passiert?« fragte Henmann benommen.

»Ein wilder Mann hat Euch zu Boden geschlagen. Zum Glück hattet ihr Eure Lederkappe auf! Aber jetzt seid Ihr in Sicherheit. Wir sind im Münster.«

»Wer war das? Habt Ihr ihn erkannt?«

»Er war maskiert, aber eins hab ich gesehen: Ihm fehlte ein Auge.«

»Gessler …«, flüsterte Henmann. Nun wusste er, dass er diesen Gegner nicht unterschätzen durfte.

26. Februar 1415

Vierzehn Tage waren schon vergangen, seit Henmann nach Konstanz gekommen war und das Turnier besucht hatte, vierzehn Tage, seit er niedergeschlagen worden war. Seine Beule und die Kopfschmerzen waren inzwischen verschwunden, auch hatte er den Ritter von Brunegg nur noch einmal von weitem beim Münster gesehen, aber es war ihm noch nicht gelungen, sein Privileg zu erhalten. Sein Antrag war schon beim ersten Schritt, der sogenannten Supplik, ins Stocken geraten. Diese wurde von einem Referendar geprüft und dann dem Papst zur Genehmigung vorgelegt. Alle freigegebenen Suppliken wurden in der Registratur ausgehängt, und Henmann begab sich täglich in die Bischofspfalz, wo sich alle Ämter der päpstlichen Kanzlei befanden. Viele Menschen drängten sich dort, um zu sehen, wie weit ihre Anträge gediehen waren, doch Henmann hielt stets vergeblich Ausschau. So blieb ihm nichts anderes übrig, als seine Hoffnung auf Herzog Friedrich und dessen Fürsprache zu setzen.

Am 26. Februar war es endlich so weit: Friedrich von Österreich hielt Einzug in Konstanz. In Begleitung seiner Frau Anna und mit 500 Mann Gefolge ritt er zum feierlichen Klang von Posaunen durch das Kreuzlinger Tor in die Stadt hinein. Obwohl täglich neue Delegationen in der Konzilstadt eintrafen, war die Ankunft eines so mächtigen Mannes, der dazu noch Landesherr im benachbarten Thurgau und Aargau war, immer noch etwas Besonderes. König Sigismund und viele Adlige und Stadtbürger ritten ihm entgegen, um ihn zur Bischofspfalz zu geleiten, wo der Papst residierte. Auch Henmann war unter ihnen, doch er hielt sich im Hintergrund. Er wusste, dass Friedrich im Kloster Kreuzlingen Quartier nehmen würde, und hatte beschlossen, ihn dort am Abend wegen des Privilegs anzusprechen.

Der Herzog begab sich unverzüglich zum Papst und blieb dort bis zum Abend. Henmann war längst ins Kloster zurückgekehrt und wartete ungeduldig, dass Friedrich sein Quartier aufsuchen würde.

Es war schon dunkel, als man endlich Hufgeklapper und Geschrei hörte. Mit etwa zwanzig Mann zog der Herzog im Kloster ein, den größten Teil seines Gefolges hatte er in Unterkünfte im Thurgau geschickt. Henmann, der ungeduldig gemeinsam mit Ulrich Klingelfuss in der Klosterschenke gewartet hatte, stürzte zum Tor, als er den Lärm vernahm. Doch seine Hoffnungen wurden jäh zunichte gemacht. Neben dem Herzog und seiner Frau ritt ein Einäugiger auf einem großen Rappen ins Kloster ein. Er scherzte mit Herzogin Anna, und als er Henmann sah, grinste Gessler triumphierend.

Der Hofmeister traute sich daraufhin nicht, Friedrich auf den fatalen Vertrag zwischen dem Brunegger und dem Kloster Königsfelden anzusprechen, denn die beiden schienen sich tatsächlich sehr nahe zu stehen. Henmann erinnerte sich, dass Gessler ihm einmal erzählt hatte, er habe dem Herzog in einer Fehde bei Innsbruck das Leben gerettet. Damals war es ihm wie pure Prahlerei vorgekommen, doch nun war er sich nicht mehr so sicher. Was Gessler ihrem Landesherrn wohl erzählt hatte wegen des Vertrags? Immerhin befand sich Henmanns Unterschrift darunter.

Der Hofmeister beschloss, die Herzogin Anna von Braunschweig aufzusuchen und ihr die Grüße von Äbtissin Elisabeth von Leiningen zu überbringen. Doch er wurde so kühl empfangen, dass er auch sie nicht zu fragen wagte, ob sie sich beim Papst für Königsfelden einsetzen könnte. Außerdem ging die Herzogin mit keiner Silbe auf den Brief der Äbtissin vom Januar ein, den sie im Übrigen unbeantwortet gelassen hatte.

Und dann tauchte eine Schwierigkeit ganz anderer Größenordnung auf.

1. März 1415

»Habt Ihr schon gehört? Es heißt, dass alle drei Päpste zurücktreten sollen, auch Johannes!« Ulrich Klingelfuss klang wie immer spöttisch. »O weh, soviel Mühe und Geld um Privilegien verschwendet! All die Stunden in der Kanzlei vertan!«

Aufgrund seines Reichtums und der Bereitschaft, die Schulden Friedrichs in Baden großzügig zu übernehmen, stand Klingelfuss dem Herzog ebenfalls recht nahe. Henmann hatte sich bereits überlegt, ihn um Hilfe bei Friedrich zu bitten, doch nun kam ihm schon wieder die Galle hoch über seinen Spott.

»Johannes wird niemals zurücktreten!«

»Er ist ein Sturkopf, das weiß jeder, aber heute hat er in einer Bulle erklärt, dass er bereit sei, sein Amt aufzugeben, wenn die anderen beiden Päpste dies auch täten.«

An diesem Tag hatte wieder eine Konzilssitzung im Konstanzer Münster stattgefunden, aber Henmann war im Kloster geblieben, weil ihn ein heftiger Katarrh und Halsschmerzen plagten. Den Tag hatte er im Bett verbracht, froh, dass das Schnarchen von Klingelfuss ihn nicht gestört hatte. Doch nun lag der Badener Vogt wieder neben ihm und berichtete ihm genüsslich über das neueste Ärgernis.

»Und wenn schon!« erwiderte er. »Die Privilegien, die die zurückgetretenen Päpste gewährt haben, bleiben auch in Zukunft bestehen! So hat es die Konzilsversammlung beschlossen.«

»Da wird die päpstliche Kanzlei jetzt überrannt werden. Ihr müsst Euch beeilen, Herr Ritter, wenn Ihr Euer Privileg noch erhalten wollt! Was wird Elisabeth sonst sagen?«

Bei diesem Namen packte den Hofmeister die Wut und er verfluchte die Enge in der Konzilstadt, die ihn zwang, mit Klingelfuss das Bett zu teilen. Niemals würde er diesen eingebildeten Aufschneider um Hilfe bitten. Nein, die einzige Möglichkeit bestand darin, das Verfahren in der Kanzlei zu beschleunigen. Allerdings wusste er angesichts seiner vergeblichen Versuche nicht recht, wie er das anstellen sollte.

5. März 1415

Klingelfuss hatte recht behalten. Nachdem Papst Johannes die Bulle mit der Ankündigung seines Rücktritts verlesen hatte, drängten sich noch mehr Menschen in den Fluren und Kammern der päpstlichen Kanzlei, um möglichst schnell noch ihre Privilegien zu bekommen. Es hieß, die Taxen für die Abbreviatoren und Skriptoren würden immer höher, und Henmann, dessen Beutel beschränkt war, sah seine Felle davonschwimmen. Doch dann geschah etwas, das ihn wieder Hoffnung schöpfen ließ.

Am 5. März gab es ein großes Fest mit einer feierlichen Prozession, denn der Papst verlieh dem König eine Goldene Rose für seine Verdienste um die Christenheit. Bei der Übergabe des Kleinods auf dem Hof des Münsters entdeckte Henmann ein bekanntes Gesicht unter den Geistlichen, die den Papst begleiteten: Abt Johann von Wettingen. Da kam ihm eine Idee.

Am nächsten Morgen begab er sich schon früh zum Salmansweiler Hof, der Handelsniederlassung der Zisterzienser von Salem, denn er wusste ja, dass Abt Johann dort untergekommen war. Das Gebäude war eines der größten der Stadt und lag nicht weit vom großen Kaufhaus in der Nähe des Hafens. In der Tat empfing ihn der ehemalige Reisegenosse freundlich und fragte, wie es ihm seit ihrer Ankunft in Konstanz ergangen sei. Als Henmann ihm sein Problem schilderte, versprach er, sich unverzüglich für ihn beim Papst einzusetzen.

»Kommt morgen wieder, dann kann ich Euch mehr sagen!« verabschiedete er den Hofmeister, der hocherfreut eine Weinschenke aufsuchte, um den bevorstehenden Erfolg zu feiern. Doch seine Feier sollte sich als voreilig erweisen.

7. März 1415

Als Henmann am nächsten Tag zum Salmansweiler Hof kam, sah er den Abt von Wettingen an einem Fenster im Obergeschoss stehen. Fröhlich winkte er ihm zu, doch Johann erwiderte den Gruß nicht, sondern verschwand rasch vom Fenster. Verwundert bat Henmann den Bruder Pförtner, ihn zu Abt Johann zu führen. Doch der behauptete, der Wettinger Abt sei nicht da. Henmanns Laune verfinsterte sich und er begann einen Streit mit dem Zisterzienserbruder. Am Ende ließ er ihn einfach stehen und lief die Treppe hoch zu der Kammer, in der er Johann am Tag zuvor getroffen hatte. Da gerade weitere Gäste an der Pforte eintrafen, konnte der Bruder ihm nicht folgen.

Henmann klopfte an die Kammertür, an deren Fenster er den Abt gesehen hatte, doch alles blieb still. So hob er einfach den Riegel und öffnete die Tür. Er sah gerade noch, wie eine hagere Gestalt in weißem Gewand den Raum durch eine zweite Tür verlassen wollte.

»Ehrwürdiger Abt!« rief er, und Johann blieb stehen.

Säuerlich sah er Henmann an und murmelte etwas von einer dringenden Besprechung.

»Nur auf ein Wort, Herr Abt!« erwiderte Henmann höflich. »Konntet Ihr in meiner Angelegenheit schon etwas unternehmen?«

»Nun, das ist nicht so einfach, es gibt viele Menschen, die den Papst derzeit aufsuchen.«

»Aber Ihr hattet doch versprochen, Euch für mich einzusetzen.«

»Das hab ich auch versucht, aber ich konnte noch nicht mit dem Heiligen Vater sprechen.«

Dabei sah er Henmann nicht in die Augen.

»Was ist geschehen, Herr Abt? Gestern habt Ihr mir so große Hoffnungen gemacht!«

Der Abt zögerte zunächst, dann sagte er mit gesenktem Blick: »Es geht nicht. Ich kann Euch nicht helfen!«

»Aber Ihr geht doch an der Kurie ein und aus!«

»Es geht trotzdem nicht! Und nun muss ich Euch bitten zu gehen!«

Henmann betrachtete ihn eine Weile stumm, dann sagte er: »Gessler war hier, oder?«

Verlegen schaute der Abt ihn an. »Er ist unser Nachbar, versteht Ihr? Was, wenn er das Kloster niederbrennt? Ich kann meine Mitbrüder nicht in Gefahr bringen!«

Ohne ein weiteres Wort verließ Henmann den Salmansweiler Hof.

»Ich kann Euer Leidensgesicht nicht mehr sehen!«

Ulrich Klingelfuss hieb mit der Faust auf den Tisch der Klosterschenke. Er hatte sich zu Henmann gesellt, der trübsinnig vor einem Krug Wein saß, und versucht, ein Gespräch mit ihm anzufangen.

»Wenn Euch mein Gesicht nicht gefällt, dann könnt ihr Euch ja an einen anderen Tisch setzen!« murrte der Hofmeister nur und trank weiter seinen Wein.

»Henmann, hört zu, wenn Ihr wollt, kann ich Euch helfen!«

»Ich brauche Eure Hilfe nicht!«

»Seid nicht so ein sturer Esel, ich sehe doch, dass Ihr ständig zur Kanzlei geht und mit finsterem Gesicht wiederkommt. Warum habt Ihr Euer Privileg noch nicht bekommen?«

»Es ist der Fluch, der Fluch der Gertrud von Wart.«

»Was meint Ihr damit?«

»Als der Mörder von König Albrecht hingerichtet wurde, hat seine Frau einen Fluch über das Kloster Königsfelden verhängt. Und nun beginnt er, sich zu erfüllen.«

Klingelfuss schüttelte den Kopf. »Ein vernünftiger Mann wie Ihr glaubt doch nicht an Weibergeschwätz!«

Henmann trank noch einmal, dann sagte er: »Der Papst hat noch nicht einmal meine Supplik genehmigt.«

»Noch nicht einmal diese Hürde habt Ihr genommen?« Klingelfuss lachte ungläubig. »Der Rest kann Wochen dauern! Habt Ihr nicht genug bezahlt?«

Henmann zuckte die Schultern. »Da nimmt wohl jemand Einfluss, gegen den ich nichts ausrichten kann.«

»Ist das derselbe Jemand, der Euch einen Schlag versetzt hat?«

Der Hofmeister nickte. »Ich vermute es.«

Da antwortete Klingelfuss bestimmt: »Kommt morgen um die Mittagsstunde in die Schenke zum Stauf neben dem Bischofsmünster, wo sich die Domherren treffen, direkt am Kreuzgang.«

8. März 1415

Die langen Tische im Stauf waren gut besetzt, als Henmann von Mülinen gegen Mittag dort eintraf. Domherren und Kardinäle, Bischöfe und Kurienmitglieder nahmen hier ihren Imbiss ein oder saßen bei einem Krug Wein zusammen, um die neusten Entwicklungen des Konzils zu besprechen.

»Es heißt, Papst Johannes will aus der Stadt fliehen!«

»Dann wäre das Konzil vorbei.«

»Er würde dann in Avignon sein eigenes Konzil machen und sich als einzigen Papst bestätigen lassen.«

»Das wird der König niemals zulassen!«

Henmann schnappte einige Fetzen aus den lateinischen Unterhaltungen auf, als er sich zu Ulrich Klingelfuss in die hinterste Ecke durchkämpfte. Er verstand nicht alles, aber was er hörte, genügte, um ihn aufs Äußerste zu beunruhigen.

Klingelfuss hatte sich etwas abseits niedergelassen. Bei ihm saß ein Mann von ungefähr 40 Jahren, mit leicht schütterem Haar und glattem Gesicht. Er trug kein Klerikergewand.

»Setzt Euch zu uns Henmann,« winkte der Badener den Hofmeister heran, »das ist der Sekretär des Papstes, Poggio Bracciolini! Ein sehr gelehrter Mann!«

Henmann wunderte sich, wen Klingelfuss alles kannte.

»Wenn Ihr ihm genug bezahlt, dann könnt Ihr schon in wenigen Tagen Euer Privileg erhalten!«

Nun wusste er, warum Klingelfuss den Mann kannte. Er zögerte.

»Ich weiß nicht, ob ich so viel Geld habe.«

»Ach kommt, Euer Beutel ist doch prall gefüllt! Jeweils 25 Gulden für die vier Taxen der Kanzlei: für Konzept, Reinschrift, Siegel und Registrierung, macht 100 Gulden. Dazu kommen noch einmal 100 Gulden dafür, dass Herr Bracciolini Euer Anliegen direkt dem Papst vorträgt. Und 10 Gulden für mich als Prokurator. In zehn Tagen habt ihr Euer Privileg. Was haltet Ihr davon?«

Verschwörerisch fügte er hinzu: »Für Geld kann man von den Italienern alles haben. Dagegen kommt selbst Gessler mit seinen Drohungen nicht an.« Dabei klopfte er dem Papstsekretär lachend auf die Schulter, und der Herr Bracciolini lächelte zurück, denn offenbar verstand er kein Deutsch.

Henmann schluckte. Die Preise der päpstlichen Kanzlei waren gestiegen, das wusste jeder, aber dass sie so hoch waren, hatte er nicht gedacht. Für 200 Gulden konnte man ein Haus in der Stadt kaufen. In seinem Beutel würde nicht mehr viel übrig bleiben.

»Was ist, wenn der Papst vorher flieht?«

Erschrocken legte Klingelfuss den Finger auf den Mund. »So etwas solltet Ihr nicht einmal denken! Außerdem bezahlt Ihr erst, wenn Ihr das Privileg in Händen haltet.«

Henmann seufzte tief, dann sagte er: »In Ordnung!«

Da rieb sich Klingelfuss zufrieden die Hände: »Dann lasst uns jetzt das Konzept schreiben!«

20. März 1415

Es dauerte zwölf Tage, bis Ulrich Klingelfuss dem Hofmeister mitteilte, dass er nun sein Privileg abholen könne. Er ließ es sich nicht nehmen, Henmann zur Pfalz zu begleiten. An diesem Tag fand vor den Mauern der Stadt ein großes Turnier statt, dennoch herrschte in der Kanzlei das übliche Gedränge. Es war schon später Nachmittag, als sich die beiden zwischen all den Menschen hindurchzwängten, vorbei an den Tischen der Abbreviatoren und Skriptoren bis zur Registratur. Dort nahm der Hofmeister zwei gesiegelte Pergamenturkunden in Empfang, in denen dem Kloster Königsfelden bescheinigt wurde, dass es wieder in seine alten Rechte eingesetzt werden musste. Sie waren auf den 18. März datiert. Die erste Urkunde war für das Klosterarchiv bestimmt, die zweite für den Exekutor, eine außenstehende Person mit Einfluss, die dem Kloster helfen sollte, seine Rechte auch durchzusetzen. Der Hofmeister hatte den Propst von Sankt Peter in Basel dafür auserkoren. Alles war zu seiner Zufriedenheit erledigt worden.

Er zog den Beutel hervor, um zu bezahlen.

Schnell sagte Ulrich Klingelfuss: »Hier bezahlt Ihr die 100 Gulden für die vier Kanzleitaxen, den Rest erledigen wir nachher.«

Henmann bezahlte und nahm überglücklich seine Urkunde in Empfang. Als er mit Klingelfuss an der päpstlichen Wache vorbei zum Tor der Pfalz hinausging, kam ihnen ein einäugiger Mann entgegen. Rasch entwand Klingelfuss dem Hofmeister das Privileg und hielt es dem Entgegenkommenden vors Gesicht.

»Gott zum Gruß, Herr Gessler! Mein Freund Henmann hat soeben vom Papst ein wichtiges Privileg erhalten.« Dann versteckte er das Dokument rasch hinter seinem Rücken, als hätte er Angst, dass der Andere es ihm entreißen könnte. »Ihr werdet noch früh genug davon erfahren!«

Gessler stand wie vom Donner gerührt. Vor lauter Überraschung und Zorn fiel ihm keine Erwiderung ein.

»Ihr könnt Euren Mund wieder zumachen, sonst regnet es noch hinein!« foppte ihn Klingelfuss, denn er wusste, dass Gessler angesichts der päpstlichen Wachen nicht wagen würde, sie anzugreifen.

Henmann konnte sich ein Lächeln nicht verkneifen. Er nahm seine Urkunde wieder an sich, dann gingen sie zur nächsten Schenke, um den Rest des Geschäfts zu erledigen.

Poggio Bracciolini wartete schon im Stauf auf sie. Henmann bezahlte ihm die verlangten 100 Gulden, dann erhielt Klingelfuss seine 10 Gulden.

»Dafür lade ich euch auch zum welschen Wein ein!« verkündete er großzügig, nachdem er die Münzen in seinen Beutel gesteckt hatte.

Nach einer Weile verabschiedete sich Poggio Bracciolini, der ja kein Deutsch konnte und mit dem holprigen Latein der beiden Aargauer offenbar seine Mühe hatte.

»Kommt einmal zu uns ins schöne Baden!«, lud ihn Klingelfuss noch ein. »Unser heißes Wasser wird Euren Schreiberhänden und dem krummen Rücken gut tun!«

Der Papstsekretär nickte lachend und ging.

»Diese Welschen!« Klingelfuss sah ihm hinterher und schüttelte den Kopf. »Man weiß nie, woran man mit ihnen ist. Aber wenn man genug bezahlt, ist Verlass auf sie. Elisabeth wird mit Euch zufrieden sein, Herr Hofmeister!«

Obwohl Klingelfuss Recht hatte, wurde Henmann zornig. Immer wenn der Vogt ihren Namen aussprach, musste er an den Hoftag vor drei Jahren denken, an dem die Äbtissin so schamlos mit Klingelfuss gescherzt hatte.

Er stellte seinen Becher ab und sagte: »Ich muss jetzt gehen.«

Doch da hielt ihn Klingelfuss am Arm zurück. »Henmann, was ist mit Euch? Wir haben gemeinsam die Reise hierher gemacht, ich hab Euren Braunen von der Fessel befreit, habe dafür gesorgt, dass Ihr ein gutes Nachtlager in der überfüllten Stadt bekommt und Euch zu diesem Privileg verholfen. Meint Ihr nicht, dass Ihr mir ein wenig dankbarer sein könntet?«

»Hab ich Euch nicht 10 Gulden dafür bezahlt?«

»Das meine ich nicht. Warum schaut Ihr mich grimmig an, sobald ich Eure Äbtissin erwähne?«

»Sie ist nicht meine Äbtissin, so wenig wie Eure!«

»Was wollt Ihr damit sagen?«

»Glaubt Ihr, ich wüsste nicht, was damals am Hoftag in Baden geschehen ist? Wie Ihr sie angeschaut und mit ihr gescherzt habt? Dass sie in Eurem Haus die Nacht verbracht hat? Dass Ihr Liebesbriefe an sie geschrieben habt?«

Klingelfuss sah Henmann entgeistert an. Dann begann er zu lachen, so laut, dass die anderen Gäste zu ihm herübersahen. Wütend stand Henmann auf und wollte weggehen, doch Klingelfuss hielt sein Wams fest. Ihm liefen vor Lachen die Tränen übers Gesicht, als er sagte: »Henmann, bleibt hier! Was geht nur in Eurem Kopf vor! Ich und die Äbtissin?«

Verunsichert setzte sich der Hofmeister wieder auf die Bank, da fuhr Klingelfuss fort: »Elisabeth ist weiß Gott eine anmutige Frau. Aber sie ist eine Klarisse und damit Christus vermählt.«

»Als ob Euch das interessieren würde!«

»Wir haben uns am Hoftag gut unterhalten, die edle Frau von Leiningen und ich. Wir haben vielleicht auch den einen oder anderen Scherz gemacht. Und es ist richtig, sie hat in meinem Haus übernachtet, so wie auch ihr Oheim, Herzog Friedrich. Aber glaubt Ihr, ich hätte es jemals gewagt, sie anzurühren? Oder ihr gar Liebesbriefe zu schreiben? Wo denkt Ihr hin!«

Kopfschüttelnd fügte er noch hinzu: »Ich bin zwar seit vier Jahren unbeweibt, aber wenn mir der Sinn nach einer Frau steht, gibt es andere Möglichkeiten, wie Ihr wisst.«

Henmann musste an den Hinweis des Vogtes auf die Badstube in Winterthur denken. Hatte er sich womöglich getäuscht? War das Verhältnis zwischen dem Vogt und der Äbtissin doch harmloser gewesen, als er gedacht hatte? Er war noch nicht ganz überzeugt, aber im Grunde wollte er Klingelfuss gerne glauben. So hob er zögernd seinen Becher und sagte schließlich: »Nun denn, auf Euer Wohl, Klingelfuss!«

Der stieß mit ihm an, dann sagte er schmunzelnd: »Ihr seid ein alter Mann, Mülinen, und habt Weib und Kind. Da solltet Ihr euch nicht so sehr um die Zucht einer Ordensfrau sorgen!«

In dieser Nacht floh Papst Johannes aus Konstanz. Sein Generalkapitän Friedrich von Österreich half ihm dabei. Und damit änderte sich alles. Für die Habsburger und für die Eidgenossen, für den Aargau und für den Thurgau, für Henmann und für Klingelfuss.

21. März 1415

Das Tor war geschlossen.

Wie jeden Tag wollten Henmann von Mülinen und Ulrich Klingelfuss vom Kloster Kreuzlingen, wo sie während des Konzils wohnten, in die Konzilstadt gehen. Doch schon auf dem Weg vom Kloster, das nur einen Steinwurf von der Stadtmauer entfernt war, zum nächstgelegenen Stadttor, dem Kreuzlinger Tor, war kein Durchkommen. Dutzende von Wagen blockierten die Straße, Marktfrauen versuchten sich mit ihren Bündeln daran vorbeizudrängen, aufgeregte Hühner gackerten, Schafe nutzten die Gelegenheit, am Wegesrand noch ein Hälmchen zu nehmen. Alle redeten und schrien durcheinander. Mülinen und Klingelfuss bahnten sich mühsam einen Weg, doch auch sie kamen nicht weiter als bis zur Brücke, die über den Stadtgraben führte.

Das Tor war geschlossen.

Die Stadtwächter hatten Mühe, die aufgebrachte Menge von Händlern zu beruhigen: »Mir wird die Milch sauer!« schrie der eine, »Meine Eier werden schlecht!« eine andere, und »Glaubt ihr, der König will stinkende Fische haben?« ein dritter.

Stoisch standen die Wächter mit gekreuzten Spießen da und rührten keine Miene.

»Was ist denn passiert?« fragte Mülinen einen von ihnen, doch der würdigte ihn keiner Antwort.

Da trat Klingelfuss vor und näherte sich dem Wächter. Mit leiser, aber drohender Stimme sagte er: »Hör zu, dieser Herr ist der Hofmeister des Klosters Königsfelden und ich bin der habsburgische Vogt zu Baden im Aargau! Also gebt gefälligst Antwort: Was ist hier los?«

Da begann der Stadtwächter hämisch zu lachen: »Habsburgischer Vogt? Das würde ich nicht zu laut hinausposaunen! Euer Herr ist schuld daran, dass die Stadttore heute geschlossen bleiben! Mit der Hilfe Friedrichs von Österreich ist Papst Johannes heute Nacht aus der Stadt geflohen, und den Zorn des Königs darüber könnt Ihr Euch überhaupt nicht vorstellen! Er hat befohlen, dass niemand die Stadt verlassen darf, sonst hätten die Herren Kardinäle schon längst das Weite gesucht und wären dem Papst hinterhergereist. Stattdessen sitzen sie nun im Münster und müssen sich anhören, was der König ihnen zu sagen hat!« Wieder lachte er, und die umstehenden Marktleute sahen Henmann und Klingelfuss verärgert an, als ob sie beide für das Ungemach verantwortlich wären.

Henmann von Mülinen war erschüttert. Trotz der Gerüchte, die es schon lange gegeben hatte, konnte er kaum glauben, dass Papst Johannes seine Drohung wahr gemacht und damit das Konzil der Auflösung preisgegeben hatte. »Lasst uns ins Kloster zurückkehren!« Er nahm Ulrich Klingelfuss am Arm. »Vielleicht weiß der Abt etwas darüber. Herzog Friedrich hat ja auch im Kloster gewohnt.«

Abt Erhard Lind empfing die beiden Aargauer in seinem Arbeitszimmer. Es lag im ersten Stock des Abtshauses, in dem auch Mülinen und Klingelfuss eine kleine Schlafkammer bekommen hatten.

»Herr Abt, habt ihr schon gehört …«

»Dass der Papst Konstanz verlassen hat?« fiel ihm Lind ins Wort.

»Ihr wusstet davon?« Klingelfuss war überrascht.

»Nun, Herzog Friedrich von Habsburg war mein Gast, wie ihr wisst. Und der Papst selber hat auf seinem Weg nach Konstanz unserem Kloster die Ehre erwiesen, hier zu übernachten.«

»Aber warum ist er abgehauen?« fragte Henmann.

»Mir gefällt Eure Wortwahl nicht!« erwiderte der Abt pikiert. »Unser Herr Papst Johannes wurde in Konstanz von allen Seiten bedroht. Er sah keinen anderen Weg zu seiner Rettung als die Stadt zu verlassen. Und sein treuer Generalkapitän Herzog Friedrich hat ihm dabei geholfen.«

»Johannes hatte sich Anfang März doch noch bereit erklärt, zurückzutreten, um endlich dieses unselige Schisma zu beenden und den Weg für einen neuen Papst freizumachen!« entgegnete Klingelfuss verständnislos.

»Glaubt ihr denn, diese Rücktrittserklärung sei freiwillig erfolgt? Der König hat ihn unter Druck gesetzt! Nun wird er wohl nach Avignon fliehen, wo Sigismund ihn nicht mehr ergreifen kann. Und dann bleibt er der rechtmäßige Papst.«

Henmann war froh über diese Nachricht. Wenn Johannes auch in Zukunft der Papst sein würde, war garantiert, dass das Privileg für das Kloster Königsfelden, welches er so mühsam und teuer erstanden hatte, auch weiterhin Gültigkeit besaß.

»Das wird der König niemals mitmachen!« Klingelfuss riss ihn aus seinen Träumen. »Er hat die Stadttore schließen lassen und alle anwesenden Kardinäle im Münster versammelt. Wenn er sich durchsetzt, wird die Lage für Johannes und Friedrich sehr unangenehm werden! Dass Friedrich dabei mitgemacht hat, verstehe ich nicht!«

»Ihr solltet euren obersten Landesherrn nicht unterschätzen!« antwortete der Abt tadelnd. »Friedrich von Habsburg weiß, was er tut.«

»Und wenn nicht? Es wäre nicht das erste Mal, dass er unüberlegt und kopflos handelt, denkt nur an die Appenzellerkriege. Da hat er sich ohne Plan hineinziehen lassen und am Ende klein beigeben müssen.«

»Jetzt ist seine Macht gefestigter! Das solltet Ihr als Vogt von Baden eigentlich besser wissen als ich. In Eurer Stadt wurde doch vor drei Jahren der fünfzigjährige Frieden zwischen dem Habsburger und den Eidgenossen geschlossen.«

»Im Aargau ist er unser anerkannter Landesherr, das ist richtig, aber hier im Thurgau ist seine Macht beschränkter.«

»Immerhin sitzen in Winterthur seine Landrichter, ihm gehören die Städte Frauenfeld und Diessenhofen, die Herren von Hohenklingen sind seine Anhänger…«

»Aber im Thurgau gibt es so viele Herrschaften wie Ihr Haare auf dem Kopf habt!«

Unwillkürlich griff sich der Abt in seine blonden

Haare. Er hatte deren noch viele um die Tonsur, denn er war jung.

»Denkt nur an die vielen Klöster und deren Besitzungen!« fuhr Klingelfuss fort. »Allein dem Kloster Reichenau gehört der halbe Untersee! Dann die Frauenklöster: Münsterlingen, Feldbach, Katharinental. Die Besitzungen des Bischofs von Konstanz, Bischofszell, Arbon, Tannegg. Dazu die vielen Adligen mit ihren Burgen, die Herren von Hegi und Landenberg und Enne und wie sie alle heißen. Da hat ein oberster Landesherr, der in normalen Zeiten weit weg ist, nicht viel zu melden!«

»Dennoch glaube ich nicht, dass ihr euch Sorgen machen müsst. Der König wird sich wieder beruhigen und Johannes wird Papst bleiben. Denkt an meine Worte!«

Doch auf die Worte eines Abtes kann man sich auch nicht immer verlassen.

5. April 1415

»Habt ihr schon gehört? Der König hat Herzog Friedrich endgültig den Reichskrieg erklärt!« Ein Konstanzer Fischer, der nach seinen Fischlieferungen öfters in der Klosterschenke einkehrte, brachte die Nachricht aus der Konzilstadt. »Sogar die Eidgenossen müssen jetzt an seiner Bestrafung mitwirken!«

Den beiden Aargauern, die bei einer Platte Rindfleisch und dem zweiten Krug Wein in der Schenke saßen, blieb der Bissen im Halse stecken.

Immer wieder hatten sie ihre Abreise aus Konstanz hinausgezögert, um möglichst nah am Geschehen zu sein und Neuigkeiten sofort zu erfahren. Deren hatte es genug gegeben.

Tatsächlich hatte König Sigismund das Kunststück zustande gebracht, die meisten Konzilsteilnehmer in Konstanz zu halten. Er hatte Siegelbriefe an den Kirchenportalen anschlagen lassen, in denen er Friedrich von Österreich aufforderte, nach Konstanz zurückzukehren und sich vor dem Hofgericht zu verantworten. Dann hatte Papst Johannes aus Schaffhausen an alle Kardinäle geschrieben, dass sie ihm dorthin folgen sollten. Doch nur wenige waren seinem Aufruf gefolgt, stattdessen sandten angeblich mehr als 350 Herren und Städte Fehdebriefe an Herzog Friedrich, der mit dem Papst in Schaffhausen weilte.

So war die Situation am Osterfest des Jahres 1415 gewesen, das Ende März noch einmal Eis und Schnee mit sich gebracht hatte. Henmann und Klingelfuss hatten die Gottesdienste im Konstanzer Münster besucht und frierend den Ostersegen erhalten. Sie hatten sich in der Stadt umgesehen, und dabei waren ihnen die eidgenössischen Delegationen aufgefallen, die beim König ein- und ausgingen. Klingelfuss hatte gesagt, es braue sich etwas zusammen, doch Mülinens Vertrauen in die Worte von Abt Erhard war unerschöpflich gewesen.

Und nun war das Osterfest vorbei und Sigismund hatte die Eidgenossen in seinen Krieg gegen ihren obersten Landesherrn hineingezogen.

»Dann ist es ja bald vorbei mit den Habsburgern!« ließ sich eine näselnde Stimme vom Nebentisch vernehmen. »Nicht wahr, Herr Vogt?«

Der Notar Nikolaus Schott war Mitglied einer Delegation aus Bern, die ebenfalls im Kloster Kreuzlingen wohnte. Er war von kleinem Wuchs und hatte ein spitzes Gesicht wie ein Fuchs. Henmann mochte ihn nicht.

»Und was meint ihr dazu, Herr Hofmeister? Nun wird euer Kloster mit der Habsburgergrablege eidgenössisch werden!« Er lachte meckernd wie eine Ziege, und Henmann dachte verächtlich, dass in ihm einige Tiere versammelt waren.

»Noch ist es nicht so weit, Meister Schott!« antwortete indes Klingelfuss ärgerlich. »Unser Landvogt Burkhard von Mansfeld wird Baden und die Burg Stein mit dem Habsburger Archiv zu verteidigen wissen! Er steht wie ein Bollwerk im Aargau!«

Die einzige Antwort war das meckernde Lachen.

»Lasst uns gehen, hier stinkt es!« Klingelfuss erhob sich und Henmann von Mülinen dachte: Ja, nach Ziege.

»Wir sollten morgen abreisen«, sagte Klingelfuss, als sie die Schenke verlassen hatten. »Ich muss zurück nach Baden, wer weiß, was nun alles geschehen wird!«

Mülinen stimmte ihm zu. »Lasst uns gleich in der Früh den Abt aufsuchen, um uns zu verabschieden.«

Doch Abt Erhard hatte noch eine Überraschung für sie parat.

6. April 1415

»Ihr seid doch Hofmeister eines Frauenklosters, Henmann von Mülinen!«

Sie hatten sich vom Abt verabschiedet und ihm erklärt, dass ihre Anwesenheit nun in der Heimat gefragt war. Doch Erhard Lind ließ sie nicht gleich gehen.

»Ich habe gehört, dass in Königsfelden wunderbare Teppiche gestickt werden. Man hat mir von einem Antependium berichtet, das an Schönheit alles übertreffen soll, was es sonst gibt.«

Henmann nickte geschmeichelt. Das berühmte Antependium war zwar als Geschenk an Königsfelden gelangt und nicht dort hergestellt worden, dennoch waren auch die Klarissen von Königsfelden bekannt für ihre feinen Stickereien mit Seide, Gold- und Silberfäden und Perlen.

»Seht her.« Der Abt nahm aus einer Truhe ein Pergament mit mehreren Siegeln und hielt es Ihnen vor Augen. »Papst Johannes hat zum Dank für die Gastfreundschaft des Chorherrenstifts Kreuzlingen meinen Rang erhöht und mich einem Bischof gleichgestellt. Als Ausdruck einer solchen Ehre hat er mir unter anderem das Recht verliehen, eine Mitra zu tragen. Natürlich habe ich auch das Recht, sie so teuer ausschmücken zu lassen, wie es sich für ein derartiges Kleinod geziemt. Und ich will, dass es eine Mitra Pretiosa wird! Circulus und Tituli sollen aus vergoldetem Silber hergestellt werden.«

Der Abt sah in zwei verständnislose Gesichter. Die beiden Aargauer konnten sich zwar auf Latein einigermaßen verständigen, sie kannten auch die üblichen liturgischen Formeln, aber weiter reichten ihre Lateinkenntnisse nicht.

So räusperte sich Erhard Lind, um die peinliche Situation zu überspielen und öffnete noch einmal seine Truhe.

»Nun denn!« Er nahm ein Blatt Papier heraus, auf dem eine reich ausgeschmückte Mitra von verschiedenen Seiten skizziert war. »Dieses Band, das um die Stirn gelegt wird, ist der Circulus und dies hier« – er zeigte auf die senkrechten Streben, die oben in die Spitzen der Mitra führten – »das sind die Tituli.«

»Ja, natürlich!« antwortete Klingelfuss, als ob ihm ohnehin alles klar gewesen sei.

Der Abt schmunzelte ein wenig. »Diese Teile sollen aus vergoldetem Silber hergestellt und mit Bildern aus farbigem Schmelzglas geschmückt werden.«

»Ehrwürdiger Abt, das sind aber alles Arbeiten für einen Goldschmied oder einen Glasschmelzer. Was haben die Nonnen damit zu tun?«, wandte Henmann ein.

»Sie sollen den Stoff ausschmücken! Ich will, dass die Stoffteile aus Seidenatlas gefertigt und mit Perlen und Gold- und Silberfäden bestickt werden!«

»Ah! Selbstverständlich, ehrwürdiger Abt!«, antwortete der Hofmeister. »Ich bin mir sicher, dass unsere

Schwestern diesen Auftrag zu Eurer vollsten Zufriedenheit erledigen werden!«

»Habt Ihr auch die Möglichkeit, die Goldschmiedearbeiten vornehmen zu lassen?«

Bevor Henmann antworten konnte, griff Klingelfuss ein.

»In Baden gibt es hervorragende Goldschmiede! Sie könnten mit den Schwestern aus Königsfelden zusammenarbeiten!«

Da lächelte Abt Erhard und hielt Henmann das Blatt mit der Zeichnung hin.

»Nehmt also die Skizze an euch. Ich habe bereits eine Kopie gemacht. Ich bitte euch, den Auftrag möglichst bald ausführen zu lassen!«

»Selbstverständlich, ehrwürdiger Abt!«, antworteten Klingelfuss und Henmann wie aus einem Munde.

Trotz der unsicheren politischen Situation war Henmann von Mülinen zufrieden. Gemeinsam mit Ulrich Klingelfuss ritt er von Konstanz fort, im Gepäck reichliche Gaben für die Königsfelder Äbtissin Elisabeth von Leiningen: Ein Privileg des Papstes, das dem Kloster die Rückgabe von entfremdetem Territorium gewährleistete, und einen lukrativen Auftrag für die Klosterwerkstatt.

Klingelfuss hingegen war schlecht gelaunt. »Wir hätten einen Vorschuss von Abt Erhard verlangen sollen!« sagte er ärgerlich. »Niemals hätten wir diesen Auftrag ohne Vorschuss annehmen dürfen! Bei so teuren Materialien! Und wenn er die Mitra am Ende nicht nehmen will?«

»Ich vertraue dem Abt!« erwiderte Mülinen. »Wenn man sich auf sein Wort nicht mehr verlassen kann, wo kommen wir da hin?«

»Ihr seid ein Narr, Mülinen, und habt immer noch nicht verstanden, dass auch in einem Klerikergewand ein Mensch mit bösen Absichten stecken kann.«

Henmann zog es vor zu schweigen. So ritten sie langsam den Seerücken nach Bernrain hinauf. Ein eisiger Wind pfiff über den See, und immer wieder zogen Schnee- und Graupelschauer über die Reisenden hinweg. Sie duckten sich tief unter die Kapuzen ihrer Wollmäntel.

Schließlich tauchte links die Kapelle von Bernrain auf. Eine Schar Pilger, die vor ihnen hergezogen war, trat in das Kirchlein ein. Auch Henmann hielt sein Pferd an und bekreuzigte sich.

»Wieso bleibt Ihr stehen?« fragte Klingelfuss unwillig.

»Erinnert Ihr Euch nicht, was der Abt von Wettingen über diese Pilgerstätte gesagt hat? Über das wundertätige Kruzifix?«

Klingelfuss machte eine unwirsche Handbewegung, dann gab er seinem Apfelschimmel die Sporen. »Lasst uns endlich weiterreiten, damit wir Frauenfeld erreichen, noch bevor es dunkel wird!«

Sie mühten sich weiter hoch auf den Seerücken bis Neuwilen, dann in die Thurebene nach Märstetten hinab. Viele Menschen waren mit ihnen unterwegs, Pilger auf dem Weg nach Einsiedeln, Kaufleute, Bauern, und immer wieder sah man Gruppen von Bewaffneten. Außerdem glaubte Mülinen während ihres Rittes manchmal, hinter sich ein meckerndes Lachen zu hören.

Bei Eschikofen brachte ein Fährmann sie mitsamt den Pferden und ihren Knechten über die Thur. Gegen Abend erreichten sie Frauenfeld. Sie durchquerten das kleine Städtchen, ritten vorbei an der Kirche mit ihrem hohen, spitzen Turmhelm und durch die Hauptgasse bis zum Ende des Hochplateaus, auf dem Frauenfeld errichtet worden war. Obwohl durch einen gemeinsamen Mauerring geschützt, befand sich zwischen dem Städtchen und dem Schloss ein tiefer Graben. Sie überquerten die Brücke und standen schließlich vor der Burg, die sich an der höchsten Stelle über dem Murgtal erhob. Der alte Wehrturm aus groben Findlingen überragte das rechts angebaute Wohngebäude um einige Meter.

»Wie ein riesiger Phallus!« konstatierte Klingelfuss.

Mülinen schüttelte den Kopf. »Das sieht Euch ähnlich, dass Ihr an so etwas denkt!«

Ein Junge öffnete ihnen das ebenerdige Tor, das sich im Gebäude rechts vom Turm befand.

Überrascht sagte Klingelfuss: »Sehen so jetzt die Wächter hier aus? Dann wird es für die Reichstruppen König Sigismunds tatsächlich ein Kinderspiel sein, die Burg einzunehmen!«

Der Junge protestierte. »Mein Name ist Adrian von

Landenberg, und ich habe vorher durch das Fenster geschaut, ob es auch kein Feind ist, der Einlass begehrt!«

»Komm Adrian«, unterbrach ihn ein Mann mittleren Alters, der müde wirkte. »Geh in die Küche und frag Elsi, ob sie genug Essen gemacht hat. Wir bekommen Gäste!«

Der Junge wollte etwas erwidern, aber der strenge Blick des Mannes verschloss ihm den Mund und er trollte sich.

»Verzeiht, ihr Herren. Der Junge ist ein Verwandter, den man zur Ausbildung hierhergeschickt hat. Er ist etwas vorlaut. Mein Name ist Konrad. Wen darf ich unserem Herrn Beringer melden?«

Klingelfuss antwortete rasch für sie beide: »Henmann von Mülinen, Ritter und Hofmeister des Klosters Königsfelden, und Ulrich Klingelfuss, Vogt von Baden, beide treue Habsburger!«

»Das höre ich gern!« ließ sich da plötzlich eine kräftige Stimme vernehmen. Langsam stieg der Schlossherr Beringer von Hohenlandenberg die Treppe vom ersten Geschoss herab, um seine Gäste zu begrüßen. Er war ein stattlicher Mann mit langem Bart. »Wir erwarten jeden Augenblick den Angriff der Reichstruppen König Sigismunds, aber Adrian hat Recht, die würden wohl im Harnisch kommen und nicht im Reisemantel! Gott zum Gruß, ihr Herren! Legt ab und folgt mir ins obere Geschoss!«

Das Abendbrot wurde in einer Stube aufgetischt, deren Decke, Wände und Boden aus Holzbohlen bestanden. Nur die nach Süden gerichtete Außenwand war gemauert. Hier waren zwei Doppelfenster mit jeweils einer Sitzbank rechts und links ins tiefe Mauerwerk eingelassen. Die hölzernen Fensterläden waren abends geschlossen, obwohl die Fenster Butzenglasscheiben hatten. Kuhfelle auf den Bänken luden trotz des kalten Steins zum Sitzen ein. In der Ecke verbreitete ein Kachelofen behagliche Wärme. Henmann war dankbar dafür und setzte sich auf die Ofenbank. Den schönsten Sitzplatz hatte jedoch Adrian gefunden: Hinter dem Ofen führte eine kleine Treppe hoch auf die Kunst, von wo er auf die Gäste herablachte.

»Ja, Herr Ritter, so alte Knochen frieren nun einmal leicht!«, zog Klingelfuss seinen Reisegefährten auf.

»Ihr seid ein echter Ritter?«, fragte der Junge neugierig.

»Der Ritter mit dem Mühlrad!«, fuhr Klingelfuss fort.

»Und seid Ihr auch schon auf Turnieren geritten?«

»Adrian, sei nicht so naseweis!«, mischte sich Elisabeth von Landenberg, die Schlossherrin ein. Sie war eine dralle Person, deren eng anliegende Haube die Rundungen des Gesichts noch verstärkte. Doch die vielen Fältchen um ihre Augen zeigten, dass sie ein fröhlicher Mensch war und herzlich lachen konnte. »Kommt zu Tisch, ihr Herren!«

Offenbar hatte die Köchin ihre ganze Vorratskammer geplündert angesichts der Gäste, denn was sie und ein junges Mädchen nun auftischten, hätte wohl auch noch für die Reichstruppen gereicht: Platten mit Wildfleisch und Geflügel, dazu Käse, Birnen und Äpfel, und natürlich Brot, das man als Unterlage für das Fleisch und die Soßen benötigte. Auch zwei große Krüge Wein wurden hingestellt, außerdem mit Wasser gefüllte Aquamanilen, damit man sich zwischen den Gängen und am Ende des Mahls die Hände waschen konnte, die dann am Tischtuch abgetrocknet wurden.

Die Männer waren hungrig und langten kräftig zu. Klingelfuss warf hin und wieder einen lüsternen Blick auf die hübsche Kammerjungfer, die der Köchin zur Hand ging.

»Und was glaubt Ihr, Beringer«, fragte Henmann zwischen zwei Bissen, »werdet Ihr die Burg halten können?«

Der Schlossherr stieß einen tiefen Seufzer aus. »Ich habe nur ein kleines Häuflein Bewaffneter hier, mit denen allein wird mir das kaum gelingen.«

»Und die Stadtbürger?«

»Die werden vermutlich keinen Kampf mit Zerstörungen und Plünderungen riskieren. Die sind der Meinung, dass es für sie keine Rolle spielt, wem sie Abgaben bezahlen, den Habsburgern oder dem Reich. Von denen ist nicht viel zu erwarten.«

»Meine Badener werden sich gewiss verteidigen, wenn es so weit kommt!« erwiderte kampfeslustig Ulrich Klingelfuss. »In den Aargau werden keine Reichstruppen kommen, dort hat Sigismund die eidgenössischen Kettenhunde losgelassen! Und diese bäurischen Plünderer sind bei allen gefürchtet. Die will keiner zum Herrn haben!«

Sie unterhielten sich noch eine Weile über die schwierige Situation der Habsburger in den Vorlanden und mutmaßten, wie es nun wohl weitergehen würde, dann baten Henmann und Klingelfuss müde um ein Nachtlager. Der

Knecht Konrad führte sie in eine Kammer im zweiten Geschoss der Burg, in der sie sich zu Henmanns Kummer wieder ein Bett teilen mussten.

Die Nacht war unheimlich. Durch den Bergfried mit seinen dicken Mauern aus Bruchsteinen heulte der Wind. Nur die Räume im ersten Geschoss hatten Fensterscheiben und wurden mit Kachelöfen beheizt. In den Kammern darüber hielt man zwar den ganzen Tag die hölzernen Fensterläden geschlossen, um die Kälte draußen zu halten, dennoch hatte das Waschwasser in der Steingutschüssel eine Haut aus Eis.

»Zum Glück liegen wir im selben Bett und können uns gegenseitig wärmen!« sagte Klingelfuss, als er die gänsedaunengefüllte Bettdecke bis zum Kinn hochzog.

»Kommt mir bloß nicht zu nahe!« erwiderte Henmann. »Ihr stinkt aus dem Maul und außerdem schnarcht Ihr zum Steinerweichen!«

Dennoch musste er insgeheim zugeben, dass Klingelfuss nicht völlig Unrecht hatte. Zu zweit war es eindeutig wärmer im Bett.

Mitten in der Nacht wurde Henmann von Lärm geweckt. Er hörte, wie eine Frau kreischte und ein Mann auf sie einredete. Er griff neben sich, doch er fühlte, dass er allein im Bett war. Seufzend stand er auf und tastete sich zur Tür. Als er sie öffnete, sah er im Licht einer Fackel Ulrich Klingelfuss und die Kammerjungfer, die sie am Abendtisch bedient hatte, auf der Treppe zum Abort stehen. Der Vogt hielt das Mädchen an beiden Armen fest, während sie versuchte, sich zu entwinden.

»Klingelfuss, könnt Ihr Eure Begierde denn nicht einmal bei dieser Kälte im Zaum halten?« sagte Mülinen kopfschüttelnd und müde.

»Geh wieder zu Bett, alter Mann!« antwortete der Vogt ärgerlich. Dann wandte er sich lächelnd dem Mädchen zu: »Herr Beringer ist ein so gastfreundlicher Mann, da können seine Bediensteten doch nicht hintanstehen!« Dann versuchte er sie zu küssen, während sie ihr Gesicht zur Seite drehte.

»Lasst Barbara los!«

Es war Konrad, der plötzlich aus dem Dunkel aufgetaucht war und den Vogt anschrie. Klingelfuss war so verblüfft über die Unverschämtheit des Knechts, dass er tatsächlich seinen Griff lockerte. Rasch entwand sich das Mädchen und huschte die Treppe hinab.

»Was erlaubst du dir?« Der Vogt wollte sein Messer ziehen, doch dann bemerkte er, dass er es mit dem Gürtel neben dem Bett abgelegt und für seinen Gang zum Abtritt nicht extra wieder angelegt hatte. So stand er barfuß da, nur mit einem Hemd bekleidet.

»Lasst gut sein, Herr Vogt!« Henmann klopfte ihm auf die Schulter und geleitete ihn in die Schlafkammer zurück. »Ich sag Euch ja, dafür ist es einfach zu kalt!«

Der Knecht war wieder in der Dunkelheit verschwunden.

»So ein hübsches Vögelchen!« jammerte Klingelfuss. »Die hätte meinem Hahn gefallen!«

»Ja, und im Morgengrauen wäre er vom Schlossherrn geköpft worden! So weit geht die Gastfreundschaft nicht!«

7. April 1415

Am nächsten Morgen wurden Henmann von Mülinen und Ulrich Klingelfuss zum Schlossherrn gebeten. Er erwartete sie jedoch nicht mehr in der gemütlichen Holzstube, sondern im Gerichtsraum. Dieser lag zur Stadt hin. Er hatte große Fenster mit Butzenscheiben, durch die das fahle Wintermorgenlicht einfiel. Die Wände waren verputzt und mit Malereien geschmückt. Auch hier stand ein großer Kachelofen. Beringer von Hohenlandenberg thronte hinter einem Holztisch, wo er normalerweise seine regelmäßigen Gerichtstage als habsburgischer Vogt abhielt. Neben ihm saß seine Gemahlin Elisabeth, die die beiden mit sehr strengem Blick empfing, während ihr Gatte eher unbehaglich dreinschaute. Klingelfuss hielt sich den Kopf, aus dem sich der Wein noch nicht völlig verflüchtigt hatte.

»Meine Herren, wir haben euch gestern gastfreundlich hier aufgenommen«, begann Beringer, und Mülinen ahnte schon, was kommen würde. »Doch nun ist uns zu Ohren gekommen, dass ihr euch heute Nacht ungebührlich benommen und den Frieden auf der Burg gestört habt. Daher bitten wir euch, noch heute abzureisen.«

»Ich bitte um Verzeihung«, versuchte Klingelfuss eine Entschuldigung. »Wisst Ihr, der Wein … und es war so dunkel … ich dachte …«

Elisabeth ließ ihn nicht ausreden. »Meine Kammerjungfer ist ein frommes Mädchen, keine Hure! Das war kein ritterliches Verhalten, mein Herr!«

Er ist ja auch kein Ritter, dachte sich Mülinen, sagte dann aber: »Der Herr Klingelfuss hatte auf der dunklen Treppe Mühe sich aufrecht zu halten. Er wollte der Jungfer nichts antun, sondern sich nur festhalten! Aber es war ohnehin unsere Absicht, noch heute eure gastfreundliche Burg zu verlassen. Wir müssen so rasch wie möglich zurück in den Aargau reiten!«

Der Schlossherr schien erleichtert über die Ausrede. »Nun, dann wollen wir euch nicht weiter aufhalten. Nur eins noch: Es wird schwierig werden, von hier über Winterthur in den Aargau zu gelangen. Gestern sind zwei Reisende bei Wiesendangen überfallen worden. In diesen unsicheren Zeiten treibt sich allerlei Gesindel herum. Vielleicht wäre es sicherer für euch, zurück zum Rhein zu reiten und mit dem Schiff zu fahren.«

Nun zeigte sich auch die strenge Elisabeth etwas nachsichtiger. »Am besten nehmt ihr den Weg durch das Stammertal nach Diessenhofen. Dort hat Friedrich von Österreich noch treue Anhänger, die euch weiterhelfen können.«

So machten sie sich wieder auf den Weg: Henmann auf seinem Braunen und Klingelfuss mit dem Apfelschimmel, auf den er so stolz war, gefolgt von ihren Knechten. Der österliche Wintereinbruch bestimmte weiterhin das Wetter. In ihre Wollmäntel gehüllt ritten sie gegen wehenden Schnee über Üsslingen den Mülibach entlang nach Stammheim. Unterwegs schwiegen sie, Klingelfuss vor Scham und Kopfschmerzen, Mülinen vor Verärgerung.

Rechts am Berg sahen sie das Augustinerchorherrenstift Ittingen liegen.

»Sollen wir hier zu Mittag einkehren?« fragte Klingelfuss.

»Das könnt Ihr vergessen«, erwiderte Mülinen. »Wenn Ihr hier noch drei Mönche findet, ist das viel! Und die haben selber kaum etwas zu beißen. Es heißt, das Kloster sei bankrott und soll vielleicht sogar aufgehoben werden.«

So ritten sie weiter bis Stammheim, wo sie im Gasthof Hirschen ihre Mittagsrast machten. Nach dem Essen sagte Henmann: »Ich will noch rasch Einkehr halten in der Kapelle des Heiligen Gallus!«

»Tut das«, stimmte ihm Klingelfuss zu, dessen Lebensgeister sich wieder zu regen schienen. »Ich werde noch ein wenig beim Heiligen Otmar Einkehr halten. Ihr wisst ja, er sorgt dafür, dass die Weinfässer immer gefüllt bleiben!«

»Dann müsstet Ihr aber auch auf einem Esel reiten wie er und nicht auf einem teuren Apfelschimmel!« entgegnete Henmann und begab sich zur Kapelle, die etwas oberhalb des Ortes lag. Sie war schon hundert Jahre zuvor über und über mit Malereien ausgeschmückt worden. Henmann hatte nur davon gehört, doch nun ließ er sich von den überaus lebendigen Darstellungen an den Wänden des Kirchleins verzaubern. Er kannte alle Geschichten, die sich hier abspielten, die Erzählungen des Alten Testaments um König David ebenso wie die Kindheitsgeschichte Jesu, die Passionsszenen so gut wie die Szenen aus dem Leben der Heiligen Gallus und Otmar. Als er das Bild erkannte, in dem der Leichnam des Heiligen von der Insel Werd bei Stein am Rhein von den treuen Mönchen nach St. Gallen überführt wurde und dabei das Weinfässlein sah, das auf wundersame Weise niemals leer wurde, musste er ein wenig lachen.

Am frühen Nachmittag trafen sie in Diessenhofen ein. Zunächst hatten sie Mühe, am Obertor überhaupt in das Städtchen eingelassen zu werden. Die Wachen waren verstärkt worden, man erwartete auch hier den Angriff der Reichstruppen. Doch nachdem Klingelfuss den Wächtern klargemacht hatte, dass sie Habsburger Gefolgsleute waren und dringend den Truchsess von Diessenhofen sprechen müssten, gewährte man ihnen Einlass. Mülinen hatte den Eindruck, dass der Vogt etwas wieder gutmachen wollte.

Sie durchquerten das Städtchen und begaben sich auf direktem Weg hinab zur Burg, dem sogenannten Unterhof. Der befand sich gegenüber der Kirche, oberhalb der Schiffsanlegestelle am Rhein.

»Was für ein prächtiges Anwesen! Größer als das Schloss in Frauenfeld!« sagte Henmann staunend.

In der Tat war zwar der Hauptturm nicht ganz so hoch wie der in Frauenfeld, aber die Ringmauer umfing ein größeres Areal mit dem Palas, der zum Rhein hin gebaut worden war, und mehreren Wirtschaftsgebäuden.

»Ja, Molli von Diessenhofen hält hier Hof«, antwortete Klingelfuss. »Er ist der habsburgische Verwalter über

Stadt und Amt Diessenhofen. Seine Vorfahren haben sich eine schöne Herrschaft aufgebaut!«

»Ich habe aber gehört, unter seiner Führung stünde es in Diessenhofen nicht zum Besten.«

»Mag sein, aber der Wein aus seinen Weinbergen drüben auf der anderen Rheinseite ist gut! Ich war vor zwei Jahren bei ihm zu Gast. Der Truchsess weiß, wie man Gäste bewirtet!«

Henmann dachte sich, dass die Mägde des Truchsessen vermutlich offenherziger waren als die auf Schloss Frauenfeld.

Die beiden Aargauer wurden ohne Weiteres in die Burg eingelassen, nachdem sie ihre Namen genannt hatten. Der Schlossherr empfing sie in seinem Palas im großen Rittersaal des Erdgeschosses, der komplett mit Pelzwerk und Wappen ausgemalt war. Eine ganze Reihe von Fenstern brachte Licht in den Saal, und Henmann bewunderte den Blick über den Rhein. Auf der anderen Seite des Flusses zogen sich die Weingärten den Hügel hoch, von denen Klingelfuss gesprochen hatte. Sie lagen unter einer feinen Schneedecke.

Truchsess Molli von Diessenhofen saß auf einer Art hölzernem Thron am Kopfende einer langen Tafel. Er war klein, aber dafür sehr breit in den Schultern. Außerdem wucherte ein dichter grauer Bart um sein Gesicht. Er mochte um die 60 Jahre alt sein, etwa so alt wie Henmann. Mit huldvoller Gebärde bat er sie Platz zu nehmen und rief einen Diener, der ihnen zu Trinken brachte. Klingelfuss hatte nicht zu viel versprochen, der Wein schmeckte hervorragend.

Nachdem sie auch hier mit reichlich Essen bewirtet worden waren, kündigte der Gastgeber an, er und seine Frau Ursula hätten für den Abend noch weitere Gäste geladen, und es werde sogar ein Minnesänger zugegen sein.

»Ich war es, der Herzog Friedrich gerettet hat!« prahlte der Truchsess von Diessenhofen, nachdem er den zweiten Krug Wein allein gelehrt hatte. »Der dumme Junge hat sich von Papst Johannes vor den Karren spannen lassen, und wenn ich ihn nicht auf ein Pferd geworfen hätte und mit ihm nach Schaffhausen geritten wäre, dann säße er jetzt im Turm zu Konstanz!«

Dann forderte er seine Gäste auf, mit ihm auf seine kühne Reaktion anzustoßen. »Ich habe ihn gerettet und zum Papst gebracht, aber als der weitergezogen ist nach Freiburg, habe ich es vorgezogen, hierher zurückzukehren. Man muss gerade in diesen Zeiten wachsam sein und auf sein Eigen aufpassen! Sonst kommen womöglich noch ein paar Ratsherren auf die Idee, die Stadt freiwillig dem Feind zu übergeben, nicht wahr, Herr Göggenschnabel?«

Unter den Gästen befanden sich auch drei Diessenhofener Stadträte. Truchsess Molli stellte sie den beiden Aargauern vor mit den Worten: »Diese Herrschaften sind Diethelm Göggenschnabel, Heinrich Zingg und Frick Guldenfuss, ihres Zeichens Bürgermeister und Stadträte des hübschen Städtchens Diessenhofen. Sie stöhnen angeblich unter dem harten Joch des habsburgischen Truchsessen und würden sich lieber dem Reich anschließen, aber heute Abend sollen sie sehen, was es heißt, einen habsburgischen Hof in der Stadt zu haben!«

Den Stadträten war die Situation sichtlich unangenehm.

»Eure badischen Bürger würden doch niemals auf solche Ideen kommen, nicht wahr Herr Klingelfuss?«, fuhr der dicke Truchsess fort. »Nun, ihr Herren, damit ihr nicht vergesst, was höfische Kultur bedeutet, wollen wir nun ein paar Lieder hören!«

Damit forderte er den Musiker, der mit seiner Leier in der Hand schon eine Weile an der Tür gewartet hatte, auf, für sie zu spielen. Der war in ein prächtiges buntes Gewand mit weiten geschlitzten Ärmeln gekleidet. Er näherte sich und machte eine tiefe Verbeugung vor dem Burgherrn und seiner Frau, dann entfaltete er ein Blatt, legte es vor sich auf den Tisch und begann zu den Klängen der Leier ein Liebeslied zu singen. Es klang so süß, dass Frau Ursula Tränen in die Augen traten. Nachdem er geendet hatte, faltete er das Blatt wieder sorgfältig zusammen und steckte es in einen Schlitz seines Ärmels.

Während des Stücks trank Molli seinen dritten Krug Wein. Dann stand er auf und bewegte sich schwankend auf den Musiker zu.

»Gib mir die Leier!« befahl er dem Sänger. »In meiner Jugend habe ich auch einige Stücke zu spielen gelernt.«

Doch der Musiker hatte offenbar Angst um sein Instrument und zog es mit einer raschen Bewegung zur

Seite. Dabei rutschte ihm das kleingefaltete Liederblatt aus dem Ärmel und fiel zu Boden.

»Was soll das?« herrschte ihn der Truchsess an.

»Herr, das ist ein empfindliches Instrument, und Ihr seid ein wenig betrunken.«

Molli wurde rot im Gesicht. »Was fällt dir ein, du Wicht? Was soll diese Unverschämtheit? Ich bezahle dich für deinen Auftritt hier, da wirst du mir wohl einen Augenblick die Leier geben können!«

Der Musiker zögerte immer noch.

Da hieb der Truchsess mit der Faust auf den Tisch. »Entweder du gibst mir jetzt sofort diese Leier oder du verschwindest augenblicklich von hier!«

Der erschrockene Sänger zog es vor, rasch zu verschwinden. Ohne es zu bemerken, trat er dabei mit seinem Stiefel auf das Liederblatt und schob es mit dem Absatz in eine Ritze des Dielenbodens, wo es verschwand.

Nach diesem Abgang herrschte peinliches Schweigen. Nur der Truchsess schimpfte vor sich hin. »So ein Hundsfott! So ein weibischer Kleinkrämer! Soll er doch gleich nach Sankt Katharinental gehen zu den Nönnchen!«

Seine Frau sah ihn strafend an, doch beim Namen Katharinental wurde plötzlich das Gespräch zwischen den Gästen wieder lebendig.

»Habt ihr von dem Mord in Sankt Katharinental gehört?«

»Ein Mord? Im Kloster der Dominikanerinnen?« Klingelfuss war ganz Ohr. »Die Nonnen dort stehen doch im Rufe der Heiligkeit! Lauter Mystikerinnen, die

die Askese pflegen! Stehen nicht manche von ihnen sogar in Kontakt mit Christus selbst?«

Henmann von Mülinen war sich nicht sicher, ob Klingelfuss sich lustig machte über die frommen Frauen, da antwortete Frau Ursula: »Es gab unter ihnen Frauen, die Visionen hatten und dabei auch Christus sahen. Aber das ist lange her. Heute hat auch dort der Schlendrian Einzug gehalten, nach allem, was man hört.«

»Wie überall, nicht wahr, Herr Ritter?« sagte Klingelfuss mit spöttischem Unterton zu Henmann, der sich einst über die Sittenlosigkeit im Klarissenkloster Königsfelden beklagt hatte. »Aber gleich ein Mord?«

»Wer wurde denn ermordet?« wollte nun Henmann wissen, und fügte mit Blick auf Klingelfuss hinzu: »Ein Gast, der sich ungehörig benommen hat?«

»Der ehemalige Stadtschreiber von Winterthur, Berchtold Scherer«, erklärte ihnen der Stadtrat Diethelm Göggenschnabel. »Er lebte im Alter als Pfründner im Kloster, seine Schwester war dort Priorin. Es heißt, er sei in der Klosterschenke wegen eines Würfelspiels mit einigen Konstanzern in Streit geraten. Und am Ende hätten sie ihn erstochen.«

»Wegen eines Würfelspiels! Sieh an!« Der Spott von Klingelfuss wurde ätzend. »Haben denn die frommen Mystikerinnen das Würfelspiel nicht verboten?«

Die Schlossherrin war sichtlich aufgebracht wegen seines despektierlichen Tonfalls.

»Dafür wurde ja nun das Konzil von Konstanz einberufen. Damit es endlich Reformen gibt und solche Missstände abgestellt werden!«

Da begann Klingelfuss offen zu lachen. »Edle Frau, wart Ihr schon in Konstanz? Habt Ihr die Prälaten dort gesehen, wie sie hinter den Huren her sind? Habt Ihr schon versucht, an der Kurie irgendetwas zu bekommen? Wisst Ihr, wieviel Geld Ihr dort für die einfachsten Handreichungen bezahlen müsst? Wenn dieses Konzil irgendwelche Reformen erlässt, dann fresse ich den Besen, der dort in der Ecke steht!«

Da erhob sich Frau Ursula abrupt. »Molli, ich glaube, unsere Gäste möchten jetzt ihr Nachtlager aufsuchen!«

Der betrunkene Hausherr stammelte noch einige Abschiedsworte, dann begleitete ein Knecht die beiden Aargauer in ihre Schlafkammer. Henmanns Herz schlug höher, als er sah, dass zwei Betten darin standen. Endlich eine Nacht, in der Klingelfuss nicht direkt in sein Ohr schnarchen würde.

»Klingelfuss, Klingelfuss, Ihr seid wahrlich ein Gast, wie man ihn sich wünscht!«, sagte er noch, dann schlief er auch schon ein.

8. April 1415

Der Weidling, mit dem Henmann von Mülinen und Ulrich Klingelfuss nach Schaffhausen fahren wollten, war schon schwer beladen. Fässer mit Wein, Getreide und sogar Salz stapelten sich auf dem Deck des flachen Flussschiffes, sodass für die beiden Passagiere neben dem Fährmann nur noch wenig Platz auf einem Brett am Heck blieb. Ihre Pferde hatten sie den Knechten mitgegeben. Sie würden sie ihnen rheinabwärts wieder zuführen. Der Weg auf dem Wasser war nämlich der bequemere, jedenfalls hatte Klingelfuss das behauptet.

Henmann hatte den Wasserweg noch nie gemocht, beim Schaukeln auf den Wellen wurde ihm übel, und an diesem Tag schaukelten sie besonders, weil immer noch ein kalter Wind den Rhein herabwehte. So hüllte er sich in seinen warmen Mantel und hoffte, dass sie Schaffhausen bald erreichen würden. Dort würden sie zu Fuß die Wasserfälle umrunden und dann wieder einen Kahn besteigen, der sie in den Aargau brachte.

So war der Plan. Doch wenn die Menschen Gott zum Lachen bringen wollen, müssen sie ihm nur ihre Pläne erzählen.

Sie hatten den Unterhof von Truchsess Molli noch nicht aus dem Blick verloren, linker Hand lag das Kloster Sankt Katharinental, als plötzlich von einer Bucht auf der rechten Rheinseite drei Boote voller Bewaffneter ablegten und zu ihnen herüberruderten. Im vordersten Boot stand ein Mann am Bug, den Henmann von einem Ritterturnier her kannte: Jörg von Enne, ein Ritter, der mehrere Burgen am Bodensee sein eigen nannte, darunter Grimmenstein bei Sankt Margrethen. Zeitweilig war auch er in Habsburger Diensten gestanden, allerdings hatte er in den letzten Jahren vor allem von sich reden gemacht, weil er mehrfach Kaufleute überfallen und deren Waren geraubt hatte. Nun stand er vor ihnen, mit gezücktem Schwert und langen blonden Locken, sodass er Henmann wie eine Verkörperung des Erzengels Michael vorkam. Nur dass er weniger reine Absichten hatte.

Ihr Fährmann versuchte in einem Ausweichmanöver, den Weidling an den drei Schiffen vorbeizulenken, doch diese drängten ihn in Richtung Ufer. Vor der Klostermauer befand sich ein kleiner Anlegeplatz, dort wurde das Ufer flacher. Der Fährmann versuchte, eine Anlandung zu verhindern.

»Die Waren, die ihr an Bord habt, für wen sind die bestimmt?« schrie Jörg von Enne.

»Für Schaffhauser Kaufleute!«

»Habsburger also! Der österreichische Landvogt Hermann von Sulz schuldet mir noch 400 Gulden. Dann werde ich wohl eure Fässer als Anzahlung beschlagnahmen müssen! Legt an!«

Die beiden anderen Schiffe näherten sich dem schwerbeladenen Weidling von der Seite. Der Fährmann versuchte, sein Schiff in dem windgepeitschten Wasser ruhig zu halten und gegenzusteuern. Doch da erhob sich Ulrich

Klingelfuss und zog das Kurzschwert, das er am Gürtel trug. Der Weidling kam gefährlich ins Schwanken und Henmann wurde grün im Gesicht.

»Wagt es nicht, diese Waren anzurühren!« schrie Klingelfuss. »Ich bin der Vogt von Baden, und ich werde vor aller Welt bezeugen, dass Ihr ein gemeiner Raubritter seid!«

»Seid still!«, versuchte Henmann ihn zu beruhigen, »das ist Jörg von Enne! Der fackelt nicht lange!«

Doch es war zu spät. Ihr Schiff krachte auf einen Felsen am Ufer, einige Fässer kamen ins Rutschen, das Holz des Bootes knirschte gegen den Stein und zerbrach, Wasser schwappte ins Boot, Henmann schrie auf, dann kippte alles um und ihm wurde schwarz vor Augen.

9. April 1415

Das erste, was Henmann von Mülinen sah, als er wieder zu sich kam, war das Gesicht von Ulrich Klingelfuss. Augenblicklich schloss er die Augen wieder.

»Wacht auf, Mülinen! Was habt Ihr für ein Glück gehabt, dass ich Euch aus dem Wasser gezogen habe!«

Henmanns Kopf brummte, seine Rippen taten ihm weh, und als er sich vorsichtig bewegte, merkte er, dass das linke Bein ihm nicht mehr gehorchte.

»Was ist passiert? Wo bin ich?«

»Im Kloster Sankt Katharinental. Unser Schiff ist zerbrochen, und Ihr seid zwischen die Fässer und das Boot gekommen. Es sieht böse aus, mein Freund, vor allem Euer Bein hat etwas abbekommen. Aber die guten Schwestern haben Euch heißen Wein mit vielen Kräutern eingeflößt, damit Ihr den Schmerz nicht so spürt.«

»Was ist mit Jörg von Enne?«

»Der Schurke ist entkommen! Seine Leute haben noch ein paar Fässer aus dem Wasser gefischt, aber als die Klosterleute gekommen sind, haben sie das Weite gesucht.«

Henmann sah Klingelfuss zweifelnd an. »Und Ihr? Ist Euch nichts passiert?«

»Nein, ich konnte an Land springen, als unser Kahn untergegangen ist. Ich werde nachher ein anderes Schiff besteigen, denn ich muss dringend zurück nach Baden.«

»Und ich nach Königsfelden!«

»Da werdet Ihr wohl noch ein wenig warten müssen! Die Nonnen hatten schon Angst, dass Ihr gar nicht mehr aufwacht.«

Henmann versuchte sich zu erheben, aber in der Tat machten weder sein Kopf noch sein Bein mit. Stöhnend ließ er sich in das Federkissen zurücksinken, das ihm die Schwestern unter den Kopf gelegt hatten.

»So grüße ich Euch, Henmann von Mülinen! Sobald Ihr genesen seid, erwarte ich Euch in Baden! Ich wohne in der Weiten Gasse. Aber das wisst Ihr ja noch vom Hoftag vor drei Jahren!« Er lachte und Henmann hatte wieder einen bitteren Geschmack im Mund, weil er daran denken musste, dass die Äbtissin Elisabeth von Leiningen damals im Haus von Klingelfuss übernachtet hatte. Der fuhr fort: »Unter den Frauen hier seid Ihr einstweilen in guter Obhut.« Dann senkte er die Stimme. »Einige davon sind sogar recht ansehnlich!«

Henmann gelang es kaum, den Kopf zu schütteln, dann schlief er wieder ein.

Die nächsten drei Wochen verbrachte der Hofmeister des Klosters Königsfelden zwischen Wachen und Schlafen. Sein verletztes Bein begann zu eitern, und er wurde vom Fieber geschüttelt. Die Schwestern versorgten die Wunde mit Rosenöl und flößten ihm immer wieder heißen Wein vermischt mit Alraunblättern und Schierling ein, der ihm half, seine Schmerzen zu verschlafen, aber gleichzeitig Träume bescherte, in denen ihn abwechselnd die Gesichter von Jörg von Enne, Molli von Diessenhofen und Ulrich Klingelfuss erschreckten. Manchmal erschien dazwischen auch ein weibliches Gesicht …

Als Henmann wieder ein wenig gehen konnte, führte eine Schwester ihn in die Klosterkirche und zeigte ihm die Kunstwerke, die sich dort vor allem in der großen Zeit der Mystikerinnen angesammelt hatten. Die Chorfenster mit den Heiligendarstellungen erinnerten den Hofmeister an sein Kloster Königsfelden, aber ganz besonders gefiel ihm eine Muttergottesstatue mit lieblichem Gesicht und kecker Nase. Sie sei ein Werk des Meisters Heinrich von Konstanz, erklärte ihm die Schwester, und der Hofmeister fragte sich, ob Meister Heinrich wohl jemals in Königsfelden gewesen war.

So wurde Henmann im Schutz der Klostermauern langsam wieder gesund.

Doch in der Zwischenzeit war die Welt draußen eine andere geworden. Nacheinander hatten die Reichstruppen König Sigismunds Stein am Rhein, Diessenhofen und Frauenfeld erobert, wobei die Frauenfelder entgegen den Befürchtungen Beringers von Hohenlandenberg sogar einige Tage Widerstand geleistet hatten. Doch auch dieser war am Ende zwecklos gewesen.

Im Aargau waren die Eidgenossen der Forderung des Königs gefolgt und hatten eine nach der anderen die habsburgischen Städte und Burgen erstürmt und unterworfen. Als Henmann sich Anfang Mai endlich aufmachte, zurück nach Königsfelden zu reisen, leistete allein noch die Burg Stein oberhalb von Baden unter dem habsburgischen Landvogt Burkart von Mansberg Widerstand.

8. Mai 1415

HENMANN VON MÜLINEN sah die Fahnen der Eidgenossen schon an der Limmatbrücke: den Berner Bären, den Ochsen von Uri, den schwarzen Fridolin der Glarner sowie die blauweißen Wappen von Zürich und Luzern. Überall im Städtchen Baden waren Bewaffnete unterwegs, und es herrschte eine gedrückte Stimmung.

Der Hofmeister ritt mit seinen beiden Knechten über die Brücke und hoch in die Stadt. In der Weiten Gasse suchte er das Haus von Ulrich Klingelfuss. Er versuchte, nicht daran zu denken, dass die Äbtissin Elisabeth dort übernachtet hatte. Nach dem dritten Klopfen öffnete eine Magd. Er stellte sich vor und bat darum, zum Stadtvogt vorgelassen zu werden. Die Magd führte ihn in das erste Geschoss in eine große Kammer, die mit Truhen, geschnitzten Stühlen und bunten Wandteppichen teuer ausgestattet war. Nach kurzer Zeit kam der Hausherr.

»Ach, Henmann von Mülinen, seid gegrüßt!« Er lächelte freundlich und hielt dem Hofmeister die Hand hin, aber Henmann schien es, als ob das Lächeln etwas bemüht wäre.

»Herr Vogt, was ist hier geschehen? Überall eidgenössische Fahnen und Bewaffnete? So hat Burkart von Mansberg die Stadt doch nicht halten können?«

»Wir haben heftigen Widerstand geleistet, aber am Ende haben uns die Eidgenossen überwunden.«

»Und Ihr? Was macht Ihr jetzt als habsburgischer Vogt?«

»Nun, Ihr wisst ja, Herzog Friedrich wurde mit dem Bann belegt, im Grunde genommen bin ich gar kein habsburgischer Vogt mehr.«

Henmann sah ihn misstrauisch an. »Soll das heißen, Ihr seid zu den Eidgenossen übergelaufen?«

»So kann man das nicht sagen. Ich bin eben kein habsburgischer Vogt mehr, sondern habe nun andere Aufgaben übernommen. Letztendlich spielt es doch keine Rolle, ob wir dem Habsburger oder den Bernern unsere Abgaben entrichten, oder?«

Henmann schüttelte ungläubig den Kopf. Dann fragte er: »Wäre es möglich, dass ich bei Euch für mich und meine Knechte ein Quartier bekomme?«

Klingelfuss lächelte wieder. »Es tut mir wirklich leid, Herr Hofmeister, aber mein Haus ist voll. Es sind so viele Fremde in der Stadt, die beherbergt werden müssen, dass jede Bettstatt doppelt belegt ist. Aber ich kann Euch raten, reitet weiter bis zur Schenke ›zum Goldenen Lamm‹ hinter dem Stadtturm, dort werdet Ihr gewiss eine Herberge finden!« Grinsend fügte er hinzu: »Und wenn Ihr wieder in Königsfelden seid, grüßt die Äbtissin von mir!«

Enttäuscht und ärgerlich verabschiedete sich Henmann und wandte sich zum Gehen. Als er die Treppe hinabstieg, kam ihm ein Mann mit füchsischem Gesicht entgegen, der bei seinem Anblick meckernd lachte. Da wurde dem Hofmeister endgültig klar, dass Klingelfuss zu den Bernern übergelaufen war.

9. Mai 1415

Henmann von Mülinen fiel beinahe aus dem Bett. Das ganze Haus war auf einen Schlag wach. Überall in der Stadt hörte man Menschen schreien, Pferde wiehern, Hunde bellen.

»Was ist denn geschehen?« fragte der Hofmeister seinen Knecht, der aufgeregt in die Kammer gelaufen kam.

»Die Berner! Sie haben die große Büchse abgeschossen!«

Henmann lief nach draußen. Auf der Straße waren überall Leute zusammengelaufen, um zu sehen, was die Ursache für den gewaltigen Donnerschlag gewesen war, der sie in dieser frühen Morgenstunde geweckt hatte.

In diesem Augenblick ertönte ein zweiter Knall, und wieder schrak alles zusammen.

»Himmel hilf!« rief ein Prälat und bekreuzigte sich, und eine Magd jammerte: »Nun wird alles zerschossen! Wir werden alle sterben!« Immerhin konnte Henmann erkennen, wo die Berner sich mit ihrer Kanone aufgestellt hatten: Nördlich des Felssporns, auf dem die trutzige Festung Stein hoch über der Stadt lag, sah man immer wieder das Geschützfeuer aufblitzen und man hörte den anschließenden Donner aus dieser Richtung.

Trotz dieser lauten Bedrohung hielt Burkart von Mansberg in seinem Felsennest noch zwei Tage stand. Dann ließ er sich auf einen Waffenstillstand ein.

Abends in der Schenke gab es kein anderes Thema. Ein bernischer Unterhändler prahlte damit, welche Schäden die Kanone angerichtet hatte. Doch ein Knecht, der oben gewesen war, wusste es besser: »Die Ohren sind uns fast weggeflogen von eurer gottverfluchten Kanone! Aber die Festung habt ihr kaum beschädigt.«

Doch nun war die Frage, wie lange der Waffenstillstand halten würde.

»Mansberg hat ausgehandelt, dass sieben Tage Ruhe herrschen soll«, berichtete einer, der es von einem anderen gehört hatte, der wiederum mit einem Dritten gesprochen hatte. »Er hat bei Herzog Friedrich in Konstanz Hilfe angefordert. Es wurde vereinbart, dass Mansberg die Burg übergibt, wenn diese Hilfe nicht binnen einer Woche kommt.«

»Friedrich ist wieder in Konstanz?« fragte Henmann überrascht.

»Er hat sich mit dem König ausgesöhnt. Und der hat bestimmt, dass die Eidgenossen dem Habsburger das Seine zurückgeben sollen.«

»Das könnte dem so passen!« rief der bernische Unterhändler erbost. »Was wir von der habsburgischen Knechtschaft befreit haben, geben wir nicht zurück! Oder wollt ihr Badener wieder unter die Knute des Österreichers?«

Er sah erwartungsvoll in die Runde, doch angesichts des bernischen Kanonendonners traute sich keiner der Anwesenden darauf mit Ja zu antworten. Zufrieden nahm der Unterhändler einen großen Schluck Wein aus seinem Krug.

Doch Henmann, der seine Hoffnung auf Mansfeld gesetzt hatte, beschloss, endlich nach Königsfelden zurückzukehren. Er vermutete zwar, dass auch dort die Eidgenossen bereits die Herrschaft übernommen hatten, aber er konnte nicht ahnen, welche Überraschung in seinem Kloster auf ihn wartete.

12. Mai 1415

Sein Weg führte Henmann die Limmat hinab, dann ein Stück die Reuss hinauf. Er überquerte sie bei Windisch und ritt weiter zum Kloster Königsfelden. Als Henmann in den Klosterhof hinein und auf die Kirche zuritt, schien alles ruhig. Doch dann sah er es: Auf dem Dachreiter der Kirche war die Fahne mit dem Berner Bär gehisst. Seine Vermutung hatte sich bestätigt.

Der Hofmeister seufzte tief, dann stieg er langsam ab. Sein Pferd übergab er den Knechten, damit sie es in den Stall führen würden. Dann betrat er die Kirche. Als er das letzte Mal hier gewesen war, hatte die Sonne die Glasfenster des Südschiffes mit den Heiligen und den Habsburgern hell erstrahlen lassen. Heute fiel nur ein diffuses Licht durch die Scheiben und alles wirkte grau.

Langsam ging Henmann das Seitenschiff entlang, bis er unter dem Fenster mit den beiden habsburgischen Königinnen Agnes und Elisabeth zu stehen kam.

»Ich bin wieder zurück, ihr Königinnen«, sagte er müde. »Aber nun weht eine andere Fahne über eurem Kloster. Der Fluch der Gertrud von Wart hat sich erfüllt!«

»Es ist schön, Euch zu sehen, Henmann!«

Er erschrak, doch es waren nicht die Glasbilder, die

zu ihm sprachen, sondern die Äbtissin Elisabeth von Leiningen. Wie schon einmal trat sie plötzlich hinter einem Pfeiler hervor und kam auf ihn zu. Der Anblick ihres Gesichts mit der kecken Nase und den blauen Augen gab ihm einen Stich ins Herz. Er fragte sich, ob die Haare unter ihrem Schleier, einst braun und weich, nun wohl so grau wie seine eigenen waren. Doch er fing sich rasch wieder.

»Ihr seid noch hier? Seid Ihr denn immer noch die Vorsteherin dieses Klosters? Die Berner Fahne weht doch nun über der Kirche!«

»Ach Henmann, Bern oder Habsburg, was macht das für uns Klosterfrauen schon für einen Unterschied? Man muss mit der Zeit gehen!«

Fassungslos schüttelte der Hofmeister den Kopf. Ihre Worte erinnerten ihn fatal an jene von Ulrich Klingelfuss.

Als sie seinen Blick sah, wurde ihr Tonfall bitter: »Ja, Henmann, ich weiß, Ihr seid ein Heiliger! Nicht wahr? Aber ich weiß inzwischen noch viel mehr! Nämlich, dass Ihr mir nach dem Hoftag vor drei Jahren die Schwierigkeiten mit dem Visitator beschert habt. Was hat er nicht alles bei mir gefunden! Ein Männerbadehemd, eine Phallusbrosche … Alles untergeschoben!«

»Gott musste die Sittenlosigkeit bestrafen!«, versuchte Henmann sich zu rechtfertigen.

»Verwechselt nicht Gott und Euren männlichen Stolz!«

Dann zog Elisabeth ein Medaillon hervor, das sie unter dem Habit an einer feinen Kette auf der Brust trug. Sie öffnete es und zog ein vielfach gefaltetes Blatt Papier heraus.

»Dies, Henmann, war das einzig Echte, das der Visitator vor drei Jahren bei mir gefunden hat. Ein Liebesbrief. Mein Oheim Herzog Friedrich hat ihn mir zurückgegeben.«

Sie reichte ihm das völlig zerknitterte Schriftstück, dessen Text kaum mehr zu lesen war. Henmann bemühte sich, die Worte zu entziffern, dann stockte ihm der Atem. Selbst im grauen Licht dieses Wintertages erkannte er seine eigene Handschrift.

Einen Augenblick schwiegen beide. Dann sagte sie mit weicher Stimme: »Wie sehr hab ich Euch geliebt, Henmann!«

Mit einem Mal stand Henmann alles wieder vor Augen, was er so viele Jahre versucht hatte zu vergessen. Es war 1398 bei einem Jahrtag für die Helden von Sempach gewesen, als er, ein Mann im besten Alter, im Konvent zu Gast gewesen war. Der Umgang mit Besuchern war im Kloster damals nicht so streng gewesen, er hatte ohne Argwohn mit der jungen, hübschen Nonne Elisabeth geredet und gelacht. So hatten sie sich verliebt. Doch dann war Herzog Leopold IV. schon damals auf die Idee gekommen, einen Visitator zu schicken, der für Zucht und Ordnung sorgen sollte. Elisabeth hatte die neuen Regeln akzeptiert und Henmann mitgeteilt, dass sie ihn nicht mehr sehen wolle. Er hatte sehr gelitten, aber schließlich ihre Entscheidung akzeptiert und versucht, alle Erinnerungen an seine Liebe in sich abzutöten. Das war ihm auch gelungen. Jedenfalls bis zum Hoftag im Jahr 1412, als er sie so vertraut mit Klingelfuss gesehen hatte.

»Ulrich Klingelfuss hat mich nicht interessiert«, sagte sie nun, als ob sie seine Gedanken gelesen hätte, und ihre Stimme wurde weich. »Mich hat nie mehr ein Mann interessiert, nach dem, was zwischen uns geschehen war. Und Euren Brief trage ich als beständige Warnung vor den Gefahren der Welt immer bei mir.«

Henmann war wie vor den Kopf geschlagen. Er wusste nicht, was er sagen sollte.

»Klingelfuss bedeutete mir zwar nichts«, fuhr sie nun fort, »aber er hat viele Fähigkeiten und gute Kontakte. Von ihm habe ich bereits erfahren, dass Ihr das Privileg bekommen habt!« Elisabeth hatte wieder den strengen Ton der Äbtissin angenommen.

Wortlos zog Henmann das teure Pergament mit den vielen Siegeln aus der Ledertasche, die er am Gürtel trug, und überreichte es ihr. Ein Lächeln huschte über ihr Gesicht. Dann griff er nach der Zeichnung von Abt Erhard Lind für die Mitra, die sich ebenfalls in der Tasche befand. Stolz wollte er ihr von dem Auftrag erzählen, auch wenn ihm die Lust vergangen war, dieses Projekt gemeinsam mit Klingelfuss und den badischen Goldschmieden in Angriff zu nehmen. Es würde sich eine andere Lösung finden.

Da hörte er sie sagen: »Ich danke Euch, Henmann von Mülinen. Ihr könnt nun gehen, Eure Dienste sind hier nicht mehr vonnöten. Wir haben einen neuen Hofmeister. Er heißt Ulrich Klingelfuss.«

Mit offenem Mund starrte Henmann sie an. Dann steckte er die Zeichnung langsam wieder in die Tasche zurück.

ENDE

Was weiter geschah:

In Baden übergibt Burkart von Mansberg nach dem siebentägigen Waffenstillstand am 18. Mai 1415 die Burg Stein an die Eidgenossen, weil ihm keine herzöglichen Truppen zu Hilfe kommen. Damit gelangt das Habsburger Archiv mit allen Grundstücksurkunden an die Eidgenossen.

Die Mitra für den Abt von Kreuzlingen wird nicht im Kloster Königsfelden und nicht in Baden hergestellt, sondern wahrscheinlich in einer Werkstatt in Konstanz.

Henmann von Mülinen verwaltet weiter seine Burgen und die Herrschaft Schinznach und stirbt 1421.

Elisabeth von Leiningen bleibt bis zu ihrem Tod 1456 Äbtissin von Königsfelden.

Ulrich Klingelfuss bleibt für kurze Zeit Hofmeister von Königsfelden. In den 1420er-Jahren wird er Schultheiß zu Baden.

Historisches Nachwort

Bei einer historischen Erzählung fragt sich die Leserschaft stets: Was ist Fakt, was Fiktion? Dazu einige Anmerkungen.

Unsere Geschichte basiert auf einem Privileg und einem Brief. Das Privileg stellte Papst Johannes XXIII. am 18. März 1415 in Konstanz aus. Darin beauftragte er den Propst von Sankt Peter in Basel, dem Kloster Königsfelden wieder zu seinen entfremdeten Besitzungen zu verhelfen. Das Original ist nicht erhalten, aber eine Abschrift (Staatsarchiv Aargau AA 0429, fol. 17v). Daneben gibt es einen Brief der Königsfelder Äbtissin Elisabeth von Leiningen an die Frau von Herzog Friedrich IV., Anna von Braunschweig, vom Januar 1415, in dem sie diese um Unterstützung im Streit um die entfremdeten Güter bittet (Tiroler Landesarchiv Fridericiana 15/2). Um diese beiden Dokumente herum haben wir die Erzählung im engeren Sinne konstruiert, im weiteren Sinne geht es um die Situation in den heutigen Kantonen Aargau und Thurgau im Jahre 1415, als die Habsburger ihren Einfluss in dieser Region weitgehend verloren und die Eidgenossen ihre Macht ausdehnten.

Die Erzählung beginnt mit einer Hinrichtung: Der Mörder Rudolf von Wart wird am Ort seines Verbrechens gerädert. In der Nähe von Windisch, wo anschließend das Kloster Königsfelden gebaut wurde, hatte eine Gruppe von vier Verschwörern am 1. Mai 1308 König Albrecht I. von Habsburg grausam umgebracht. Anführer war Albrechts Neffe Johann gewesen, der dann auch später den Beinamen »Parricida«, Verwandtenmörder, erhielt. Die Mörder flohen, als einziger wurde der Freiherr von Wart in Frankreich ergriffen, zurückgebracht und hingerichtet. Was wir hier dazu erfunden haben, ist der Fluch seiner Ehefrau, Gertrud von Wart.

König Albrechts Witwe Elisabeth gründete das Kloster Königsfelden, in dem ihre Tochter Agnes von 1317 bis 1364 lebte und wirkte. Außerdem spielen die »Helden von Sempach« eine Rolle, befinden sich ihre Gräber doch bis zum heutigen Tag in Königsfelden. 1386 war es bei Sempach zu einer Schlacht zwischen Eidgenossen und Habsburgern gekommen. Die Eidgenossen siegten und brachten den Habsburgern und ihren adligen Verbündeten hohe Verluste bei. Herzog Leopold III. kam ums Leben und wurde mit weiteren Gefallenen in Königsfelden beigesetzt.

Die Figuren, die in unserer Geschichte vorkommen, sind zum größten Teil historische Personen. Nur für den Abschnitt, der im Schloss Frauenfeld spielt, haben wir auf Figuren zurückgegriffen, die für die dortige Ausstellung »Zankapfel Thurgau« erfunden wurden, um den Besuchern des Museums die Geschichte anschaulicher zu vermitteln.

Henmann von Mülinen war ein Adliger, der um 1350 geboren wurde, im Aargau einige Burgen besaß und dem Ritterbund vom Sankt-Georgen-Schild angehörte. 1412 war er als Vogt auf Schloss Brunegg und 1414/15 als Hofmeister des Klarissenklosters Königsfelden tätig. Er starb nach 1420.

Elisabeth von Leiningen dürfte um 1370 geboren sein und trat vor 1386 ins Kloster Königsfelden ein. 1411 wurde sie dessen Äbtissin, allerdings nur für kurze Zeit. Dann wurde sie durch Margarethe von Grünenberg ersetzt, um 1414 wieder als Äbtissin zu erscheinen. Obwohl sie mit dem habsburgischen Herzog Friedrich IV. von Österreich verwandt war, blieb sie die Vorsteherin des Klosters auch nach der Eroberung durch die Berner 1415 bis zu ihrem Tod 1456. Was wir erfunden haben, ist ihre Liebesgeschichte mit Henmann von Mülinen.

Ulrich Klingelfuss war ein reicher Bürger aus Baden (AG), der einige Brotbänke besaß und als einziger Bürgerlicher im herzoglichen Rat saß. Da er größere Summen für Kost und Logis von Herzog Friedrich IV. übernommen hatte, bekam er ab 1408 die Vogteirechte über Baden. Im gleichen Jahr starb seine Frau. 1415 wurde er für kurze Zeit Hofmeister des Klosters Königsfelden, und in den 1420er Jahren taucht er als Schultheiss von Baden auf. Seine Vorliebe für teure Pferde und Jagdfalken haben wir erfunden.

Heinrich Gessler von Brunegg hieß in Wirklichkeit Hermann. Um Verwechslungen mit Henmann auszuschließen, haben wir ihn kurzerhand umbenannt. Die Gessler waren ein habsburgisches Ministerialengeschlecht im Aargau, das durch Schillers Wilhelm Tell traurige Berühmtheit erlangte. Die Gessler von Brunegg lagen im Streit mit dem Kloster Königsfelden; es ging vermutlich um das Eigenamt, also das Gebiet zwischen Aare und Reuss südlich von Brugg, das seit 1411 dem Kloster Königsfelden unterstand. Heinrichs bösartiges Auftreten ist der Erzählung geschuldet.

Über Herzog Friedrich IV. von Österreich gäbe es viel zu schreiben. Hier nur so viel: Er war seit 1404 oberster Landesherr im Aargau und Thurgau und hatte Baden im Aargau zu einer seiner Residenzen in den österreichischen Vorlanden gemacht. In die dortige Burg Stein hatte er die wichtigsten Besitzurkunden der Habsburger bringen lassen. Außerdem war er zwischen 1405 und 1410 mit wechselndem Erfolg in die Appenzellerkriege verwickelt. 1412 hielt er einen Hoftag in Baden ab, bei dem er einen 50-jährigen Frieden mit den Eidgenossen schloss. Er war der Generalkapitän des Papstes Johannes XXIII., der als einziger der drei Päpste des Schismas zum Konzil nach Konstanz kam. Nachdem Friedrich dem Papst zur Flucht vom Konzil verholfen hatte, erklärte König Sigismund den Reichskrieg gegen ihn und forderte u.a. die Eidgenossen auf, die Burgen und Städte des Herzogs – eigentlich für das Reich – in Besitz zu nehmen. Das ließen die sich nicht zweimal sagen.

Einer, der zu Friedrich hielt, war Truchsess Molli von Diessenhofen. Er wird in der Konzilschronik von Ulrich Richental erwähnt, wo es heißt, dass er den Herzog bei seiner Flucht unterstützt habe. Seine dem Haus Habsburg eng verbundene Familie zählte zu den führenden Geschlechtern der Ostschweiz und besaß mit dem Unterhof Diessenhofen eine stattliche Burg, die auch ein Ort höfischer Kultur war. Man hat dort 1904 bei Renovierungsarbeiten unter dem Bretterboden tatsächlich ein zusammengefaltetes Blatt mit zwei Minneliedern gefunden. Molli galt als cholerisch-tyrannisch, und die Ratsherren Diethelm Göggenschnabel, Heinrich Zingg und Frick Guldenfuss dürften wohl tatsächlich ihre Mühe mit ihm gehabt haben.

Abt Erhard Lind vom Chorherrenstift Kreuzlingen hatte von Papst Johannes XXIII. das Recht erhalten, eine Mitra zu tragen, deren Anfertigung er in Auftrag gab, die aber wohl erst in den 1420er Jahren in einer süddeutschen Werkstatt hergestellt wurde. Sie befindet sich heute im Museum Thurgau im Schloss Frauenfeld. Das Kloster Königsfelden besaß tatsächlich zwei wertvolle Antependien, die jedoch nicht dort hergestellt worden waren. Aber auch die dortigen Nonnen fertigten wertvolle Stickereien an, sodass ein entsprechender Auftrag für eine Mitra theoretisch durchaus denkbar wäre. Warum es nicht zu diesem Auftrag kam, haben wir in unserer Geschichte erfunden.

Dem Rittergeschlecht derer von Enne (oder End/Ende) gehörte unter anderem das Gericht in Weinfelden und die Burg Grimmenstein. Immer wieder überfiel Jörg von Enne Kaufleute und beschlagnahmte deren Waren, mit der Begründung, dass die Habsburger ihm noch Geld schuldeten. Als er 1416 auch noch ein Schiff mit Waren von Konstanzer Kaufleuten aufbringen ließ, zerstörten die Konstanzer seine Burg Grimmenstein.

Der habsburgische Vogt auf Schloss Frauenfeld war 1415 Beringer von Hohenlandenberg.

Die Darstellung der Klöster, die erwähnt werden –

Königsfelden, Wettingen, Kreuzlingen, Ittingen und Sankt Katharinental – dürfte weitgehend der Wirklichkeit entsprechen. Im Kloster Königsfelden gab es unter Herzog Leopold IV. eine Visitation, die nicht sehr vorteilhaft für die Schwestern ausging. Bei diesem Thema haben wir noch Ergebnisse einer Visitation im Klarissenkloster Söflingen mit eingearbeitet.

Wir haben also versucht, uns weitgehend an die historischen Fakten zu halten, aber bei der Gestaltung der Personen und ihrer Beziehungen haben wir uns jegliche dichterische Freiheit genommen.

Wir möchten an dieser Stelle Gabriele Keck und Dominik Schnetzer vom Museum Thurgau sowie Martina Huggel vom Museum Aargau für die Initiierung dieses Projekts und ihre Unterstützung danken. Vor allem aber bedanken wir uns bei dem Historiker Peter Niederhäuser, der ein hervorragender Kenner der beiden Kantone und ihrer Geschichte ist. Er hat eine erste Rahmenhandlung entworfen, basierend auf der Grundidee des Privilegs, und uns auch sonst vielfach beraten.

Für alle, die noch weitergehende Informationen suchen, sei folgende Literatur empfohlen:

Gaier Ulrich/Küble Monika/Schürle Wolfgang (Hg.): Schwabenspiegel – Literatur vom Neckar bis zum Bodensee 1000 – 1800. Ulm (2003): OEW.

Meier Bruno: Ein Königshaus aus der Schweiz. Baden (2008): hier + jetzt, Verlag für Kultur und Geschichte.

Niederhäuser Peter: »Der Landvogt kam nie gen Baden …« Baden – ein habsburgisches Verwaltungszentrum nach 1400?. In: Badener Neujahrsblätter 78 (2003), 139-149.

Niederhäuser Peter (Hg.) – Die Habsburger zwischen Aare und Bodensee. Zürich (2010): Mitteilungen der Antiquarischen Gesellschaft in Zürich, Band 77.

Teuscher Simon/Moddelmog Claudia (Hg.): Königsfelden – Königsmord, Kloster, Klinik. Baden (2012): hier + jetzt, Verlag für Kultur und Geschichte.

Volkart Silvia (Hg.): Rom am Bodensee. Die Zeit des Konstanzer Konzils. Zürich (2014): NZZ Libro.

MONIKA KÜBLE / HENRY GERLACH
In Nomine Diaboli

978-3-8392-1465-7 (Paperback)
978-3-8392-4243-8 (pdf)
978-3-8392-4242-1 (epub)

»Ein Roman über den größten Kongress des Mittelalters, so spannend und bunt wie das Leben zu jener Zeit.«

Oktober 1414. Kaum ist der junge Bäcker Cunrat Wolgemut in Konstanz eingetroffen, um während des Konzils sein Glück zu finden, gerät er auch schon in Schwierigkeiten: Er wird in eine Schlägerei verwickelt, seine heiratswütige Base stellt ihm nach und sein Freund wird tot aufgefunden. Bald gibt es weitere Tote und Cunrat wird klar, dass ein Serienmörder sein Unwesen treibt. Gemeinsam mit dem Bäcker Giovanni Rossi und dem Humanisten Poggio Bracciolini macht er sich auf, das Geheimnis um die Toten zu lüften …

GMEINER SPANNUNG

WWW.GMEINER-VERLAG.DE
Wir machen's spannend

Das Neueste aus der Gmeiner-Bibliothek

Unser Lesermagazin

Bestellen Sie das kostenlose Krimi-Journal in Ihrer Buchhandlung oder unter www.gmeiner-verlag.de

Informieren Sie sich ...

www ... auf unserer Homepage:
www.gmeiner-verlag.de

@ ... über unseren Newsletter:
Melden Sie sich für unseren Newsletter an unter www.gmeiner-verlag.de/newsletter

f ... werden Sie Fan auf Facebook:
www.facebook.com/gmeiner.verlag

Mitmachen und gewinnen!

Schicken Sie uns Ihre Meinung zu unseren Büchern per Mail an gewinnspiel@gmeiner-verlag.de und nehmen Sie automatisch an unserem Jahresgewinnspiel mit »mörderisch guten« Preisen teil!

GMEINER SPANNUNG

WWW.GMEINER-VERLAG.
Wir machen's spanne